フェロモン探偵 蜜月のロシア

丸木文華

JN054375

white heart

講談社X文庫

目次

キャラクター紹介

夏川《なつかわ》 映《あきら》
和装の美形探偵。由緒ある家柄で、絵画と琴の腕前は天才的。厄介事と妙な男を引き寄せてしまう超トラブル&フェロモン体質。
美少年好きでタチと公言している。

日永《ひなが》 亘《わたる》
元白松組本部長。雪也が懐いていたが、ある事件を起こし失踪した。

雪也の双子の弟。
白松組若頭。
白松《しらまつ》龍二《りゅうじ》

Characters
本名は白《しら》松《まつ》龍一《りゅういち》。実家は関東広域系ヤクザ白松組。家業は継がず、大学時代に会社を興し、今は悠々自適の生活。記憶喪失だったところを映に拾われ、助手になる。ゲイではなかったが、映とは体の関係に。
如月《きさらぎ》雪《ゆき》也《や》
映の兄。雪也とは大学時代からの友人。
夏《なつ》川《かわ》拓《たく》也《や》
夏《なつ》川《かわ》美《み》月《つき》
映の妹。映の数少ない理解者。

イラストレーション／相葉《あいば》キョウコ

フェロモン探偵　蜜月のロシア

ロシアより愛を込めて

人間、誰でも心変わりはするものだ。

一度そうと心に決めたことを守り通すのは美学だが、時間と環境の変化とともに方向転換する臨機応変さもまた、ひとつの選択肢である。

夏川《なつかわ》映《あきら》はこと人間関係においては数え切れないほどの心変わりをしまくってきた。

日本画の大家である父、元華族で琴の一大流派を率いる母を持つ由緒正しい気品あふれる家柄でありながら、色恋に関することでは到底上品とは言えない暴飲暴食状態だった。

一人の美少年に心惹《ひ》かれては、また別の美少年に目移りし、と心変わりというよりは一瞬もひとところに留まっていられない蝶《ちょう》のように花から花へと飛び移ってゆく。

しかしそんな移り気番長な映でも、一度心を決めれば頑として曲げないこともある。大学卒業と同時に家から出奔し決して戻らないという計画もそのひとつだった。自分の心の奥底に隠している記憶を誰にも見せないという強固な壁もまた、揺るがないもののひとつだ。

頑固さとは無縁のゆるさに見えて、映はかなり強固な意志の持ち主である。実のところ一人の相手に留まらないのも映の意志であり、相手に心を移さないという決意の許《もと》に行動してきた。相手に依存すると必ず捨てられるというトラウマのためで、自分を守るための術《すべ》だったのだが、一人の男との出会いがそこに変化をもたらした。

「ねえ、映さん」

「ん？　何だよ」

「こうして二人で飛行機に乗っていると、ハネムーンみたいだなって思いませんか」

「いや……何でそんな幸せ気分なんだよ。俺は仕事しに行くだけだし。あんたは勝手についてきただけだし」

素っ気ない映の返事に「冷たいなあ」とぼやきつつ、雪也《ゆきや》は幸福そうである。相棒の浮ついた横顔を眺めて、映は苦笑した。

思えば二人で海外に行くのは初めてだ。仕事でも方々を飛び回っていたし国内旅行もそこそこしていたので、海を越えたことがなかったのが意外と言えば意外である。

今、映と雪也はモスクワへ向かう飛行機の中にいる。

あちらにいる知人の依頼で絵を描くため、映は初めてロシアを訪れることを決めた。

その話が持ち上がったのは一週間ほど前だ。兄、拓也《たくや》の隠し子騒動で六年ぶりに実家に帰って以来、拓也や美月《みつき》にせがまれたり、何かしらの用事で親に呼び出されたりと、これまでの没交渉が嘘《うそ》のように度々足を踏み入れるようになっていた。

「映。実は少し相談したいことがあるんだが」

「何だよ、改まって」

雪也とともに夕飯に呼ばれ、食事を終えて食後のお茶を飲んでいたとき、父、一馬《かずま》が少し歯切れの悪い口調で切り出した。

「何か面倒くさいこと？」

「面倒と言えば面倒だ。というか……お前はもう大分離れていることだろうと思うしな」

その台詞《せりふ》で映はすでに父親の言いたいことを把握してしまう。

「ああ……何、絵でも描いて欲しいの」

「ん……まあ、その通りだ。もしも可能ならばの話だが」

「一体どういう状況なのよ」

とりあえず話は聞くという姿勢を見せたためか、一馬はホッとした面持ちになり、やや身を乗り出して話し始める。

「映、ピョートルを覚えているか」

「ピョートル……ロシア人のおっさん？　家族でうちに来てた」

「ああ、そうだ」

ピョートル・ダヴィドフ。

夏川家は様々な客人を迎えてきたが、その中でもなかなか印象深い一家だった。

ピョートルはホテル経営などで財を成した富豪で、親日家であり度々家族で日本を訪れていた。何でも元々は貴族の家柄で、かつて革命で祖父が白系ロシア人として日本に亡命していた過去から、屋敷に日本のものが多く、それらに幼い頃から触れていたために日本の芸術を愛するようになったのだとか。

「あのおっさん連れてくる奥さんと子ども時々違うんだもん。そりゃ覚えてるって」

「うん……最後にうちに来たのは、まあ三年ほど前かな。お前が会ってもう八年は経《た》つか。一応、あれで奥さんが替わるのは最後だったぞ。子ども六人で打ち止めだ。今のところはな」

隣で黙って話を聞いていた雪也だが、何やら変わったロシア人の話題に興味津々の様子である。

「あの、すみません。口を挟んで……そのピョートルという人は、グランドヴィークトルホテルのオーナーでしょうか」

「ん？　そうだったっけ、親父《おやじ》」

「ああ、確かそうだ。彼はいくつもホテルや不動産を持っているが、最初に創業したホテルに祖父の名前をつけたと言っていた」

「ああ、やっぱり。それなら私も彼を知っています。仕事で関わったことがあるので」

「え、マジで」

偶然にも共通の知人だったらしく、映も一馬も目を丸くする。

「え、仕事？　ホテルのか？」

「ええ。彼が買収した日本の会社のホテルなんですがね。内装デザインをうちが任されたことがあって。その縁でロシアの物件でも関わってます」

「あー。あんた何か色々手広くやってるもんな……」

「すごい偶然ですね。確かにピョートルが日本に来るのはビジネスも兼ねているんですが、まさかこんな身近に関係者がいるなんてなあ」

一馬は感心したような眼差《まなざ》しで雪也を眺めている。

もちろん、映との本当の関係は知らず、ただの同居人、仕事のパートナーだと認識しているようだ。映の探偵事務所は大抵閑古鳥なので、雪也が別の事業で収入を得ており、その住居に住まわせてもらっているという状況も把握されている。無論、体の方もパートナーだということは知られていない。

「で、何？　そのピョートルが何か頼んできたわけ」

「そういうことだ。彼は来年還暦を迎える。その記念に別荘を建てたらしいんだが、その敷地内に和風の離れを造ったそうだ」

「へえ……さすが富豪は趣味に走るねえ」

ピョートルは確かモスクワやサンクトペテルブルクなどにいくつも家を所有していたはずだ。還暦を記念して別荘を建てたということは、もうひとつ住居を増やしたのだろう。

「それで、そこの襖《ふすま》絵《え》を私に描いて欲しいと依頼してきた。もちろん報酬は支払うと言っていたから、これは仕事だ」

「だけど、親父は今個展の準備で忙しくて時間がないと……」

そういうことだ、と一馬は頷《うなず》く。

「それをピョートルにも伝えたんだが、それならば映がいいと言うんだ。彼はお前の絵をひょっとすると私のものよりも気に入っていたから」

「なるほどね」

襖絵かあ、と映は呟《つぶや》く。

一馬は映がずっと絵を描いていないと思っているようだが、実際はパトロンたちの個人的な求めに応じて絵筆をとってはいた。けれど、雪也が現れてからは彼らとの関係も途絶え、ついこの前『灰原力《はいばらちから》』こと梶本《かじもと》の頼みで風景画を描いたのが最後である。本格的な日本画を制作することは長い間していない。

(俺は……絵を描くことが嫌だったわけじゃない。子どもの頃から好き放題にやってきたし、描くのは自然なことだった。いつから描き始めたかも覚えてねぇ。だけど、それで称賛を浴びるのには違和感があった。その光の道を進むのも……)

映は衆目にさらされ多くの人々に褒《ほ》め称《たた》えられる日々に耐えられなくなり、すべてを捨てて逃げ出した。それまで自分を象徴するものだった琴や絵を投げ出して、それらとはまるで関係のない世界で生きていきたかった。本当の自分の姿で、思うままに。

けれど、『本当の自分』とは何なのだろうか。

(俺は描きたいから描いていた。ガキが遊ぶみてえに、夢中になって。今だって何か描き始めりゃ時間を忘れて没頭する。それは昔からずっと変わってない)

絵を描くことも自分自身の一部なのだと知っている。この家で育ってきた年月が自分を形作る大部分なのだと。

それでも、家を出て初めて自由になれた気がしていた。男を渡り歩き好きな仕事をして、かつて一身に受けていた多くの期待や数々の栄光のことなど忘れて暮らしてきた。その日々は、紛れもなく開放的で最高に楽しい生活だった。

「もちろん無理にとは言わない。お前がだめなら他の画家に聞いてみようかと思っているからな。ピョートル自身も他に日本画家の知り合いは多くいる」

映の沈黙を拒絶と受け取ったのか、一馬が気を回して言葉を選ぶ。

映は少し俯《うつむ》いて考えた。隣の雪也がなぜか緊張した面持ちでこちらを見ている。その様子を見て思わず笑みが浮かんだ。

この男に出会っていなければ、考える間もなく断っただろうし、そもそもこんな風に実家に帰ってくることもなかっただろう。そう思い返すと、家を出た頃とは自分が随分と変化したことを実感する。

「いいよ。俺がやってみても」

軽くそう口にすると、一馬も雪也も、一瞬ぽかんとして無言になった。

「何だよ、そんなに意外かよ」

二人の反応に噴き出すと、一馬はようやく魔法が解けたかのように瞬きをする。自分から持ちかけてきたくせに、信じられないというような顔をして息子の顔を穴が空くほど観察している。

「映……本当にやってくれるのか」

「うん、まあ。だって親父今忙しいんだろ？　あっちは還暦の記念に間に合わせたいみたいだし……俺は一応、時間あるし」

「映さんが……また日本画を……」

元々映の絵のファンだった雪也は顔を紅潮させ、今にも泣き出さんばかりで、ク○ラが立ったかのような感激ぶりだ。描いてもいいと言っただけでまだ実際一筆も描いていないのに、絵が完成したら一体どうなってしまうのか不安なほどである。

「何でそんなになってんだよ。俺、描きたくなるかも、って前言ったじゃん。美月の持ち込んだ依頼のときにさ」

「もちろん覚えてますよ。映さんの心境が変わり始めてたってことは。でも、まさかこんなに早く……」

「そりゃ、また展覧会に出すとかそういうことじゃねえし。今回のは遠いロシアの話だし、個人的に付き合いのある相手とのことだ。単純に、そういうのなら描いてみたいなって思っただけ」

今までパトロンに描いてきてやってたのとそんなに変わんねえし、と口走りかけて、目の前に父親がいることを思い出し口をつぐむ。

だが本当はこれまでとは大きく違う。一馬からの頼みを受けたということは、この父親に自分が跡を継ぐという希望を持たせたことになる。再び以前のように日本画を描き画壇に返り咲くかもしれないと思わせてしまう。けれどそう思われても構わないというところまで、映の心境は変化していた。

雪也と出会うまでずっと、実家に帰る気などなかった。家族と会うつもりもなかった。これまでやってきたことに再び触れることもないだろうと思っていた。すべてを捨ててきたと思っていた。

それが徐々に変化してきたのは、雪也と関わり始めて、様々な事件や出来事を経《へ》ていく度に自分の中の何かが変わっていったからだ。

そして誰にも明かしてこなかった秘密までも雪也に受け入れられて、映はどこか自分が生まれ変わったような心地になっていた。

兄妹《きょうだい》との再会、過去との対面、そして決別、実家への帰宅。

そのどれもが、雪也なしでは有り得なかった。今の映は、雪也に作られたといっても過言ではない。

(全部捨てたと思ってたし、それでいいと思ってた。でも、そう思い込もうとしてただけで、本当は全部必要だったんだ。捨てていいものなんてひとつもなかった。それを雪也に教えられた)

自分を形作ってきたもののひとつひとつ。いいものも悪いものも、すべてが映の一部だ。

すべて知りたいと言った雪也。何もかもを受け入れてくれた雪也。

秘密を抱えこれまでの自分すべてを否定し逃げ出した映は、雪也の『赦《ゆる》し』があって初めて、自分自身を見つめることができた。

「いや……しかし驚いたな。聞いておいて何だが、お前が受けるとは思わなかった」

一馬はようやく実感が湧《わ》いてきたようで、安堵《あんど》した表情で微笑《ほほえ》んでいる。そんな顔をされると、今まで散々親不孝を重ねてきてしまったことを思い出し、胸がじわりと痛む。

「うん、まあ、俺も家出て、色々考えたから」

「ふうん。自分探しの旅というところだったのか」

「そうだなあ。そうかもしれない」

ここは謝るべきところだろう。六年間も音信不通ですみませんでしたと言うべき絶好の機会だ。

何しろ、拓也の隠し子騒動などで慌ただしく帰宅してしまい、そのまま赤子の世話やら調査やらでてんやわんやになっているうちに、いつの間にかしっくりとこの場に馴染《なじ》んでしまっていた。

（実家に出入りするようになったからには、どこかで、父さん母さんすみませんでしたと言うべきなのはわかってる……三池《みいけ》先生に生存情報は伝えてもらっていたとはいえ、何も言わずにいきなり家出たんだもんな……）

とうに成人ではあるので独り立ちするのに許可がいるわけではないものの、一緒に暮らしてきた家族に何の相談もなしにある日突然消えてしまうというのは、どう考えても人でなしの所業だった。何しろ当時はもう二度と戻ってこないつもりでいたのだから、合わせる顔自体持ち合わせていなかったのだが、こうなってしまっては謝罪のひとつくらいはするべきである。

「あのさ、親父……」

「ありがとう、映。ピョートルはきっと大喜びするぞ。彼は今でもお前の絵を世界の宝だと言って自分の寝室に飾っているそうだから」

謝ろうとした矢先に、反対に一馬に礼を言われてしまう。謝罪する雰囲気でもなくなり、映は口に出しかけた言葉を無理やり呑《の》み込《こ》んだ。

「そ……そうなんだ。そういや、高校のときに描いたやつ、あの人買ったんだったな。やるって言ったのに無理やり小切手握らされてさ」

「お前の色彩は彼の感性にひどく響くらしい。今回の襖絵も、お前がしばらく絵を描いていないのを知っていてダメ元で頼んできたんだろうからな」

「そっか。満足してもらえるかわかんねぇけど……まあ頑張ってみるわ」

一馬は満面の笑みで握手を求めてきた。変なの、と笑いながら映も応じた。それを我が子の初めてのおつかいでも見守るようなキラキラとした眼差しで雪也が見つめていた。

（そう……結局、謝れないまんま、こうやって飛行機に乗っちまったんだよなぁ）

襖絵を引き受けた顚末《てんまつ》を思い起こしながら、映は小さくため息をついた。

他のことに関しては大概器用だと自負しているのだが、こと家族に関しては上手《うま》くいかない。あまりにも長く複雑な感情に支配されていたためか、どこまで言っていいのか、どのタイミングで言ったらいいのかなど、他人と会話するときには考えもしないようなことで悩んでしまう。

「何ですか、映さん。ハネムーンにまで来てマリッジブルーですか」

「ハネムーンじゃねぇし結婚もしてねぇしマリッジブルーなわけあるか」

そして仕事をしに行くはずが、なぜか隣に妙に浮かれた雪也が座っている。

仕事で先方と繋《つな》がりがあるのをいいことに、商談だなんだと適当な用事を作って、半ば強引についてきてしまったのだ。

(まさかついてくるとは……まあ予想できなかったわけじゃねぇけど)

この番犬が映の側を離れるわけはないのだ。何しろ、外で何をしてくるかわからないからと監禁した過去まである。ましてや海を越えていこうとする映を一人のままにしておくわけがなかった。

「それにしても、あんたとピョートルが繋がってたなんて驚いた。こんな偶然もあるんだなぁ」

「俺もびっくりですよ。まあでも、彼が日本画を愛していることは知っていましたから、映さんたちの一家との接触があってもふしぎではなかったですけれどね」

「あんたも大概だけど、ピョートルもいつ寝てんだってくらい活動的だからなぁ。仕事関係も交友関係もめちゃくちゃ広いし、誰かしらとどっかで繋がってそうだよな」

あのロシア人実業家は、『ビジネスは人脈だ』と言っていた。映たちとは英語と日本語混じりで会話していたが、他にスペイン語やフランス語なども話せるらしい。人と積極的に関わるのが好きで、いつもどこかでパーティーをしているような男だった。

そして最も活動的だったのが異性関係で、三度も妻を替えた上に浮気もしょっちゅうしているらしい。英雄色を好むとはいうが、仕事のできる男は皆こうなのだろうか、と性欲過剰な相棒をちらりと眺めて考える。

「俺はしばらく会ってないけど、また最近奥さんが替わってないことを祈るわ」

「隠し子も普通にいそうですよねぇ。なかなか骨肉の争いがありそうじゃないですか。鎌《かま》倉《くら》の旧家の件を思い出します」

「ああ、あそこな……。どうだろうな、うちに遊びに来るときはいつも皆で仲よかったけどな」

とはいえ、度々妻も子どもも違っていたので歴代の妻子たちとの関係まではわからない。映はピョートル一家とのことを思い返しながら、ある一人の少年にふと想《おも》いを馳《は》せる。

(そういや、バルはもう十八になんのか……どんな風に育ってんのかな、あいつ)

バルことヴァレリーはピョートルの息子で、映と最後に会ったときには十歳だった。話を聞く限りではピョートルの最後の子どもであり、腹違いの兄弟たちの中で末っ子だ。

ロシア人の子どもはまさしく天使である。無邪気な子どもならどの国でも天使と呼ばれるのだろうが、宗教画に描かれているような天使そのものという存在を、映は初めて見た。

輝くような金髪に、鮮やかな碧《あお》の瞳《ひとみ》。ピョートルも見事な金髪だが目は灰色で、青い目は母親のゾーヤからの遺伝だろう。彼女も恐ろしいほどの美人で、夫とは二十歳以上は離れており、若々しく見事な肉体美を持つスラブ系美女だった。

さすがに幼児に対してどうのこうのとは思わなかったが、バルの方は映にひどく懐いていた。覚えたてのぎこちない日本語や英語で話しかけてきて、一生懸命構ってもらおうと子犬のように一日中映の足元に纏《まと》わりついていた。

『僕、映が好き。僕はいつかパーパの会社を継いでお金持ちになるんだ。そしたら、映を僕のお嫁さんにしてあげる』

そんな可愛《かわい》らしいことを言って抱きついて、キスをせがんできたのはバルが八歳の年だっただろうか。あまりの愛らしさに、映も軽く口にキスをしてやったが、自分から頼んできたくせに、バルは大きな青い目を潤ませて真っ赤になっていたものだ。

（あのまま育ってれば、えらくヤバイ美少年になってんだろうなぁ……。は〜。金髪碧眼《へきがん》のロシアの美少年……）

想像していると涎《よだれ》が垂れそうである。当然子どもの頃の戯言《たわごと》など忘れてしまっているだろうが、あの愛くるしい天使が美少年に成長し、まだ自分をお嫁さんに欲しいなどと言ってきたら理性など吹き飛んでしまいそうだ。

十八歳――甘美な年齢。少年の香りを僅《わず》かに残しながら、大人になっていこうとする最後の少年期と青年期の狭間《はざま》。そこで揺れ動く美少年の姿はどれほどに魅惑的なのだろうか。

「映さん、どうしたんですか、エロオヤジみたいにニヤついて」

「う、うるせぇな……思い出し笑いだよ」

少し妄想しただけで反応してくる番犬のセンサーの感度にゾッとする。何しろ動物並みに勘がいい。ちょっとよそ見をするだけで気配を察知してくるのだから、隠し事はほぼ不可能だ。

この話を受けた理由の中に、八年ぶりにバルに会えるという期待がなかったと言えば嘘になる。というかめちゃくちゃ会いたい。合法的にロシアの類《たぐ》い稀《まれ》な美少年と再会したい。

ハネムーンだ何だと言ってウキウキしている雪也を見ると相当後ろめたいが、美少年を愛するこの気持ちだけはどうにも抑えようがない。

（多分空港に迎えに来るのはバルなんだよな……ピョートルは仕事で忙しいし、俺がロシアに来るって聞いてすごく喜んでたらしいし）

現在ピョートルは今の妻と息子のバルとの三人暮らしだ。とはいえピョートルには何軒もの別邸があるため、常に一緒にいるわけではないのだろうが、まさか前の妻や他の子どもを迎えに寄越すはずはないだろう。

となると、妻のゾーヤか息子のバルだ。家族が車で迎えに行くと言っていた。

(確率は二分の一だ……バルガチャ当たりますように……)

祈るような気持ちで長時間のフライトを過ごし、ワクワクしながらモスクワの空港に到着する。

ロシアを訪れるのは初めてだが、空港の職員でもロシア語しか喋《しゃべ》れないスタッフが多く、サービス過剰な日本に慣れているとその愛想のなさに驚く。

「誰かが迎えに来てくれるんでしたっけ」

「うん、そうだと思う。一応連絡先も住所もわかるし、もし行き違ったら俺らがタクって行けばいい」

入国審査を終え、ベルトコンベヤーから荷物を回収して出口へ向かって歩いていると、平日の夕方の便なだけあってビジネスマンが多く行き交っている。

それにしてもさすがに男女ともに身長が高く、雪也はしっくり馴染んでいるが映は巨人に囲まれてまるで子どもになったような心地である。

到着ロビーでは待ち人の名前の書かれた紙やボードを持った人々が待機しており、そこに見覚えのある人物はいないかと映はキョロキョロと視線をさまよわせる。

(バルっぽいのは……いねぇなぁ。かといってゾーヤも……)

最後に顔を合わせてから八年経っているので、バルなど大分成長してかなり変わっているかもしれない。

対して、映の方はさほど変わっていない自信がある。何しろ制服を着て学園に潜入しても馴染んだほどの二十八歳なので、こちらが見つけるよりもあちらが発見してくれる方が確率が高い。

はたして、背後から「映！」と呼びかける声が聞こえた。成人男性の低い声だ。

ハッとして振り向くと、雪也よりも背の高い、金髪碧眼の美青年が興奮した面持ちで近づいてくる。ロシア人の中でもこれほどの美しい男はそういないだろうと思えるほどの、彫刻のような顔立ち。そして引き締まった分厚い体軀《たいく》。

どう見てもあの天使だったバルではない。髪と目の色は同じだが、あまりにも面影が皆無である。

ということは、家族の都合がつかずにピョートルが部下でも寄越したのだろうか。しかしいきなりファーストネームで呼びかけるとは随分馴《な》れ馴《な》れしい。普通はミスター夏川あたりではないのか。

そんなことを考えていると、目も眩《くら》むような美青年はずいっと映に近づいてきて、頰《ほお》を紅潮させ喘《あえ》ぐように英語で呟いた。

「ああ……映……全然変わってない。八年前のままだ」

「へ……？」

「ずっと会いたかったんだ、映！」

男は問答無用でものすごい力で映を抱き締めてきた。

頭が真っ白になって何も考えられなくなった映は、ぽかんとして男の肩越しに硬直した雪也を見ている。

(全然変わってない? ずっと会いたかった?)

それはまるで、この見知らぬ男と映に面識があるような口ぶりではないか。

とすると、この状況でそんな台詞を言うのは一人しかいない。

「え……まさか……バル?」

「何言ってんだ、俺以外の誰だっていうんだよ」

映を間近で見つめながら、キラキラと光のこぼれるような笑顔で捲《まく》し立《た》てる男。

「もうずっと会えなかったから確かに俺は変わったかもね。だって映が家を出てしまったって聞いて、それならあの家に行く目的もなくなってしまうし、あなたに会えないのがショックでもうずっと日本のことは考えずにいたんだ。ああ、でもこんな風に映の方からロシアに来てくれるだなんて……神様はいたんだ。ああ、本当に嬉《うれ》しいよ!」

「あの……映さん。この方は?」

ずっと黙っていた雪也が、にっこりと微笑んで訊《たず》ねてくる。間違いなく激おこ状態のそのオーラに青ざめながら、映はバルのジャケットの肩をぽんと叩《たた》いた。

「えっと……ピョートルの息子のヴァレリー。皆バルって呼んでる。うちにも何度か遊び

желанный
желан
Билет

に来てて、そのとき仲よくなったんだ」

「ああ……父の仕事相手というのはあなたですか、ミスター白松《しらまつ》」

バルはようやくそこに雪也がいたことに気づいた様子で、少し恥ずかしそうに笑いながら右手を差し出す。

「すみません、映に会うのが久しぶりなのでついはしゃいじゃって。俺はヴァレリー・ダヴィドフです。バルと呼んでください。父がお世話になっています」

「いえ、こちらこそ。白松龍一《りゅういち》です。ピョートル氏にこんな立派な息子さんがいたとは知りませんでした。今はやはりお父上の会社にお勤めですか」

「いえ、俺はまだ十八で学生なんです。ゆくゆくは父の元で働くつもりです」

バルの歳《とし》を聞いて、雪也は「まだ十八なんですか。そうは見えないな」と目を丸くしている。

(そうだよ……いくら何でも育ち過ぎだろうが……何だよその身長……筋肉……甘かった……ロシアの遺伝子ナメてたわ……)

うっかり日本の十八歳を想定していた映は、こんなにも立派に育ってしまった元天使のショックから立ち直れない。

男の子か女の子かわからないほどの可愛らしさで、肩の辺りで切り揃《そろ》えた金髪《き》をサラサラとなびかせ、映、映と甘えた声で呼びかけてくれたバル。日本の夏の暑さにぐったりとしていたので泳ぎに行こうと誘って、近くのプールではしゃいだあの日。たくさん遊んで疲れてしまったバルが、電車の中で隣の映の膝《ひざ》に頭を預け、すやすやと寝入ってしまったその愛らしさ。

数々の美しい思い出が蘇《よみがえ》ってくる。あの頃のバルはもう、この世界のどこにも存在しないのだ。

「はあ……」

「どうしたの映、やっぱり長いフライトで疲れた？」

お抱えのドライバーに運転させ、後部座席へ一緒に乗り込んだバル（マッチョ）がため息をつく映を気遣ってくる。

まさかほどよく育った美少年を想定していたらまったくもって逞《たくま》しい美丈夫が現れ、ひどく失望しているなどとは言えない。隣に地獄の審判もいることだし。

「ああ、うん……海外に来るのは久しぶりだったから」

「そっか。それじゃぐったりしちゃうよね。時差もあるだろうし……それに、日本の春よりもこっちはずっと寒いだろう？」

「確かに。まるでまだ冬みたいだな。一応調べてきちんと着込んできたけど、こんなに寒いとは思わなかった」

モスクワの四月は日本の初冬ほどの気温だ。最高気温が十度を少し越える程度で、時には氷点下になることもある。

そのために冬の間に降り積もった雪はまだ溶け切らず、半端に残った雪とぬかるむ泥とで、外を歩いて靴が汚れない日はないらしい。

さすがの映もロシアで和服では悪目立ちするので、普通のカットソーにデニム、ジャケットとマフラー姿である。雪也も同様にほとんど冬の装いだ。

「こっちは年間通して日本よりも寒いからね。本当に日本の夏には参ったな。ずっとサウナにでも入ってるみたいな暑さだった」

「今じゃバルが来てた頃よりももっと暑くなってるぞ。もう亜熱帯化どころか普通に熱帯だよ」

「そんなに！　それじゃ、夏の間はいつもロシアにおいでよ。俺はいつだって歓迎さ。父さんだって喜ぶよ」

「その度に何か描かされそうだけどな」

再会してからずっとバルはハイテンションだ。食い入るように映を見つめ、青い瞳が眩《まぶ》しいほどに輝いている。これはもしかすると今でもお嫁さんにしたいと思っているのではなかろうか。

言葉にせずとも熱烈な愛情を態度で示され、映は雪也の反応が気になって仕方がない。

外用の穏やかな微笑を絶やさずにこやかにそつのない会話を続けているが、ずっと側にいる映にはわかる。雪也の中では間違いなく不穏な炎が燃え盛っていることを。

「バル君も、芸術が好きなんですか。お父上と同じように」

「うーん、どうだろう。父は収集癖もありますし、本当にそういうものにお金をかけるので……俺はそこまでじゃないかな」

バルは首を傾《かし》げた後、「ああ、でも、映の絵はとても好きです」と破顔する。

「俺、まだ映の描いてくれた絵を持ってるんだ」

「え？　俺の？　何か描いたっけ」

「描いてくれたよ。忘れちゃったの？　俺がスイカを食べている絵だ。美味《おい》しい美味しいって俺が感動してたから、それであのシーンを選んだのかな。本当に、見るだけであの日の思い出が蘇るような素晴らしい水彩画だ。まだ大切にしまってあるよ」

そういえばそんなものを描いたような気もする。当時は請われればサラサラと何でも描いていたし、可愛いバルのためなら何枚でも描いてやっただろう。

ふいに車内の温度がスッと下がった気がしてブルリと震える。隣の雪也は相変わらず笑顔だが、怒りのボルテージがヤバいことになっている。

「へえ……俺も見てみたいですね、それ」

「もちろんいいですよ。これからお連れするのはルブリョーフカにある別荘ですけど、近くに本宅もあるし、ぜひお見せしたいのでそこから持ってきますよ。俺の自慢のひとつなんです。あの夏川映に個人的に絵を描いてもらったなんて！」

バルは雪也の内心にはまったく気づいていない。無邪気に自慢しまくるので映は魂が抜けそうである。

（そういやまだ雪也のためだけに何か描いたこととかないんだよな……。いや、あったか。最初におっさんの尾行するためにサラッと似顔絵描いてやったけど……あのおっさんの絵だけなんだよな……）

そしてそれを雪也は恭《うやうや》しく部屋に飾っているのである。ただのおっさんの似顔絵なのに、まるで素晴らしい芸術作品のように額に入れて。

雪也は元々映の絵の大ファンで、それで友人だった拓也の頼みで映に関わってきた経緯がある。

映がこれまでパトロンのために個人的に絵を描いたなどと言うとき、雪也はわかりやすく青ざめていた。自分の誕生日プレゼントにもできることなら絵を描いて欲しいと、この強引な男にしては控えめにお願いしてきたこともある。

つまり、雪也は映が誰かのために絵を描くことでひどくショックを受け、嫉妬《しっと》するらしい。映自身はピンとこないのだが、雪也があまりに映の絵に関してつまらないことで一喜一憂するので、少しは気をつけるようになった。

しかし当然バルはそんなこととはつゆ知らず、ようやく会えた映と話すのに夢中になっていて雪也の反応など気にしない。

「ねえ、映。そういえば少し聞いたんだけど、今探偵をやっているんだって？」

「まあ、一応な」

「すごい！　シャーロック・ホームズやポアロみたいなことをしてるのか」

「そんな大物と比べるなよ！　普段は浮気調査とか素行調査とかそんなのばっかりだ。大したことやってないよ」

「へぇ……そうなんだ。それでもすごいや」

何を言っても全肯定してくれそうな勢いだ。これがあの天使のままのバルだったら……と折に触れて想像してしまうのをやめたい。

「俺の仕事、こいつも手伝ってくれてるんだ。だからワトソンみたいなもの」

「ワトソンじゃありませんよ。単なる護衛です」

「え？　護衛？」

バルは怪訝《けげん》な顔で雪也を見つめる。

「白松さんは、父の仕事相手ではなかったんですか」

「もちろん、そちらもやっています。ただ、現場に任せることも多いので、今はこの人の仕事に関わっている時間の方が長いと思います」

「なるほど。映とは友人なんだと思っていましたが、仕事仲間でもあるんですね。いいなあ。俺も映と一緒に働きたい。映を助けたいよ」

友人や仕事仲間という言葉にこそばゆいものを感じるが、顔に出さず微笑みかける。

「じゃあ、ロシアで何かあったら協力してよ。俺、ロシアの知り合いはピョートルやバルだけだしさ」

「うん、もちろんだよ！　映のためなら何でもしてあげる。ロシアは初めてなんだろ？　たくさん案内するよ。そうだ、サンクトペテルブルクのエルミタージュ美術館は絶対に行きたいだろ？　それにエカテリーナ宮殿やペテルゴフ……モスクワの赤の広場だって連れていきたいな。映の創作意欲を刺激するものがたくさんあるよ！」

バルが熱烈に捲し立てる度に空気がひんやりと凍りついていく。一刻も早く目的地に着いてくれと祈りながら過ごしていると、外の風景が変わり始め、やがてひと目でそれとわかる豪邸の前で車は停《と》まった。

「さあ、着いたよ。お疲れ様、二人とも」

「はあ……やっぱすごいな」

そもそもルブリョーフカが高級住宅街なので周りに立ち並ぶ家々も錚々《そうそう》たるものだが、やはりピョートルの別邸ともなれば群を抜いて豪華である。

五百坪はあろうかという敷地内に、噴水や花のアーチなど見事に整えられた庭園に囲まれた三階建ての白亜の豪邸と、その奥に灯籠《とうろう》や飛び石、四阿《あずまや》などが配置された和風庭園を備えた日本建築の離れがある。

なるほどあの離れの襖絵を描くのだなと頷いていると、バルに荷物を奪われ、颯爽《さっそう》と母屋の方へ案内される。

家の中はさすがにセントラルヒーティングで暖かい。四月とはいえ日本の初冬程度の寒さだが、屋内に入ればジャケットを着ていると少し暑いくらいになる。

「まずは部屋を見て欲しい。こちらでも離れでも好きな方に泊まっていいよ。もちろん、白松さんも」

映と雪也は顔を見合わせた。本当は二人一緒の部屋が自然なのだが、こう広々とした屋敷では恐らく各々ひと部屋が与えられるだろうし、二人でひと部屋がいいと言うのも何となくおかしな気がする。

外から見て想像した通り、中にはいくつものゲストルームがあり、そのすべてにバスルームが完備されホテルさながらの豪華さだ。室内プールやジム、サウナ、パーティールームなどはおろか、ピョートルが集めたコレクションを飾る美術館のような部屋まである。

「さすが還暦を記念して建てただけあるなぁ……。他の家もこんな感じなの？」

「まさか！　ここまで色々揃えてはいないよ。でも、コレクションは他の家にもあるからギャラリーの一室は必ずあるかな。父さんは泊まる家がその日で違うけど、いつでも自分のコレクションを眺めたいみたいだからね」

「……素晴らしいですね。さすがピョートル氏だ。これは北斎《ほくさい》……こっちは広重《ひろしげ》……明治期に流出した浮世絵かな……これは本当に価値がありますよ。よくわからない変わった絵も多いが……よくもこんなに集めたものだ……」

雪也は飾られた絵画や美術品を真剣な目つきで眺めている。バルはその熱心な様子に苦笑して肩を竦《すく》める。

「俺もよく知らないんです。どこから集めてきたのか父も教えてくれないので、どうやって手に入れたかはわからなくて。まあ、パーティールームに飾っている掛け軸なんかは、ちょっと曰《いわ》くつきというか……出どころははっきりしているんですが」

そのとき、玄関の方が賑《にぎ》やかになり、バルが言葉を切る。

「ああ、もしかして父さん帰ってきたかな」

「ピョートルが？　いつもこの時間？」

「今日は早いよ。なんたって映が来るんだもの！　当たり前だろ」

さあ、とバルに肩を抱かれて促される。ギャラリーに夢中になっていた雪也だったが、相変わらず怒りの微笑で自身も映の腰に手を回しながら部屋を出る。

「おお……映！　よく来てくれたな」

「ご無沙汰《ぶさた》してます、ピョートル。会えて嬉しい」

八年ぶりに顔を合わせたピョートルは以前と変わらず壮健で、これが来年還暦を迎える男とは思えないほど活力に満ちている。

息子のバルほどではないが、やはり雪也よりも背が高い大柄な男だ。一見すると強面《こわもて》だが愛嬌《あいきょう》のある灰色の瞳と、酒好きの証《あかし》のような赤い鼻が人懐こい印象を抱かせる。

映をハグして挨拶《あいさつ》のキスを頰に交わし、最後にがっしりと握手をすると、しみじみと見つめて破顔した。

「映、君はまるで時が止まってしまったかのようだな。最後に会った夏の休暇で、バルと遊んでくれていたのを思い出すと、こっちはこんなに様変わりしたのに、君ときたらどうだ。本当にアジア人は神秘的だな」

「アジア人の中でも、この人は異例ですよ、ピョートル」

雪也が口を挟むと、ピョートルは豪快に笑って手を差し出し、握手をする。

「ああ、きっとそうなんだろうな。挨拶が遅れてすまない、ミスター白松！　君も久しぶりだ。ますます頼もしい顔つきになったな」

「龍一で結構です。直接お会いしたのは二年ほど前が最後ですね。あなたも本当に変わらずお元気だ」

二人のビジネスの関係は良好のようでピョートルも雪也も和やかに会話している。

「まさか君と映が友人だったとは、驚いたよ」

「私もです。彼の兄と大学時代同期だったもので、それが縁で」

「ほう……そうだったのか。意外なところで繫がっているものだなぁ」

そのとき玄関のドアが開き、運転手がいくつものブランドの紙袋を手に提げて入ってくる。

後から悠然と現れたのはピョートルの妻のゾーヤだ。確か三十半ばを過ぎているはずだが、バルの変貌《へんぼう》ぶりに比べれば、昔会ったときとさほど変わっていない。

豊かな金髪をカールして胸元に垂らし、息子のバルと同じ青い目は宝石のように輝いている。春先にもかかわらず小麦色に焼けた健康的な肌はセクシーで、ジャケットの下の大きく胸元の開いたニット、ぴったりとしたデニムからは相変わらずゴージャスな肉体美の魅力が放たれている。彼女が近づいてくると、薔薇《ばら》の香水の匂《にお》いが漂った。

「あら、ピョートル。もう帰ってたの」

「何だ、随分遅かったな」

「サロンで予約に手違いがあったのよ。……あら、そこの方……」

ゾーヤは見慣れぬ客人二人に目を留《と》め、映を見て懐かしげな顔をした後、雪也に視線を移しじっと見つめている。その目の奥に好奇の光が輝いたのは明らかだった。

「話していただろう。離れの襖絵を頼んだ映だ。以前日本で世話になった一家の次男だ」

「ええ、もちろん覚えているわ。彼、変わっていないもの……久しぶりね！　映」

「ええ。相変わらず本当に綺麗《きれい》ですね、ゾーヤ」

ゾーヤは映をハグし頰にキスをする。ゾーヤの方が十センチは背が高いので、抱かれると胸に埋もれるような格好になって息苦しい。

「あなたも相変わらず可愛いわ。……で、ピョートル、隣の男性は？」

「彼は私の仕事相手だ。偶然にも映と友人関係だった。これも何かの縁だと招待したんだ。丁度仕事の話もあることだし……」

ピョートルはゾーヤの肩を抱き雪也に向き直る。

「龍一、私の妻のゾーヤだ」

「はじめまして。白松龍一です」

「はじめまして。今夜からこちらにお泊まりになるの？」

ゾーヤは夫に喋るときとはまるで違う、どこか粘り気のある甘い声で話しかける。

雪也は映をちらりと見て、すぐにゾーヤに向かって微笑む。

「映さんと離れの方に宿泊させていただこうかと」

「あら、そう。こちらの方が部屋も広いし色々と便利だと思うけれど……」

「今回は映さんが襖絵を描くために来ているので、その場の雰囲気の中で寝起きした方がいいと話していたんです。私も彼と近い方がいいので、同じくそちらに」

「あら、そうなの……」

ゾーヤはあからさまにがっかりした表情である。

実際はまだ何も決めていないのに雪也がそう宣言してしまったことで、離れに行かざるを得なくなった。雪也もこのロシア美女の下心を察知して咄嗟《とっさ》にそう口にしたのだろうが、映にとっても正直ロシアに来てまで修羅場はごめんなのでありがたい。

それにしても結構露骨に好意を示していたと思うのだが、ピョートルも、そして息子のバルも大して気に留めていない様子なのが少し気になる。

(まあ、そもそもピョートル自身が女好きだからなぁ……ゾーヤは四番目の奥さんだし、そういうことには無頓着《むとんちゃく》なのかもしれない)

落胆したゾーヤは運転手に荷物を運ばせ、自室に引き取っていった。

「今日は着いたばかりで疲れただろうから、作業はせずにゆっくりと過ごして欲しい。腹は減ったか？　夕食は早めの方がいいだろうか」

「うーん、そうですね……さすがに少し疲れたので、夕食をいただいたら今夜は部屋でゆっくり休みます」

「ああ、そうした方がいい。明日から色々話し合おう。もうすべて作らせてあるから、すぐに食べられる。荷物は離れに運ばせておこう。龍一、君は飲むだろう。映は？」

「あ、俺は全然だめです。ゆ……、龍一さんと飲んでください」

「映、お酒は飲めないの？」

バルが意外だという顔で首を傾げる。

「日本人てお酒が好きなんだと思ってた」

「何でだよ。酒好きのイメージはロシア人の方が強いぞ」

「日本人ほど飲まないよ。だって昔行ったとき、夜に酔っ払って道端で寝てる人たちたくさん見たよ」

「あれは自分の限度もわかんないで飲み過ぎた奴《やつ》らだ。第一、ロシアで外で寝たりしたら夏以外は凍死するだろ」

それもそうか、とバルは笑う。

「小さい頃にそんなの見たからさ。日本人は皆毎日浴びるほど飲んでるんだと思って」

「変なイメージついちまったなぁ。俺なんて本当に弱いからだめ。すぐ真っ赤になっちゃうよ」

「そうなんだ？　そういう映も可愛いだろうな。見てみたい」

「この人本当に弱いんだよ。前に頑張って飲んだとき、すぐに酔っ払っちゃって……ね、映さん」

雪也が映の首を撫《な》でる。突然のことで驚いてビクッと震えるが、変に逆らうと何を言い出すかわからず、曖昧《あいまい》に笑って流すしかない。

「ま、まあね。今日は疲れもあってすぐ寝ちゃいそうだから……何か腹減ってきたなぁ」

「じゃあ、早速ダイニングへ移動しよう。初めての夜だから定番のボルシチやビーフストロガノフを作らせておいたぞ。そうだ、ピロシキもだな」

「美味しそうですね。本場のロシア料理が楽しみです」

にこやかに答えながら映の腰を摑《つか》んで歩き出す雪也。

さすがに無邪気なバルも何かを感じ始めたのか、やや怪訝な顔をしてこちらを見ている。

映は雪也が食事中もとんでもないことを言い出すのではないかと気が気ではなかったが、幸い今日のところは無駄な火種を作るつもりはないようで、当たり障りのない話で陽気に食卓を盛り上げていた。

「日本といえばやはりマウントフジだ。いつも懐かしくなるよ」

ピョートルは日本人に会うのは久しぶりだと言って日本の話を盛んにする。

「私が初めて日本に触れたのは家にあった浮世絵なんだ。美しいフジが描かれていた。こんなに綺麗な姿の山があるのかと疑ったよ。けれど初めて日本に行くとどうだ。本当にあのままの姿なんだものなぁ。驚いたよ」

「ピョートルは富士山《ふじさん》には登ったことが?」

「ああ、もちろんだ。ご来光を拝んだ。神秘の極みだったな……私の日本のイメージは本当にフジが最も強いかもしれない。何しろ子どもの頃から絵で見ていたし、実際訪れても絵そのままの山があるんだ」

「俺もフジに登ったのは覚えてるよ。下りで滑り落ちていくのが面白かった。周りにいたのは外国人ばかりだったなぁ」

ピョートルやバルがよく喋るので、映たちは相槌《あいづち》を打ったり聞かれたことに答えたりしているだけでよかった。

しかし無意識のうちにかなり緊張していたのか、食事を終えて離れに移動すると、どっと疲れが押し寄せてくる。

離れはすべて和室の造りだが、寝床は布団《ふとん》ではなくベッドだった。デザインは和風で床も畳だ。灯《あか》りも行灯《あんどん》風に作られていて、やはり純和風というには少し違和感があるが、ほどよい和洋折衷の按配《あんばい》で居心地がいい。

「はあー……やっぱ長時間のフライトってしんどいんだな。腹が膨れたらめっちゃ眠くなってきた」

「そんな状態で酒なんか飲んだら覿面《てきめん》だったでしょうね。しかしピョートルは歳なのに酒豪だな……ロシア人は皆ウォッカもウィスキーも一気に飲むんでしょうか」

「あの人は昔からそんな飲み方ばっかだったよ。ロシア人が皆そうかはわかんねぇけど、親父が付き合ってよく潰《つぶ》されてた。ボトルは一度開けたらどんなに強いやつでも空にするのが礼儀なんだとさ」

雪也もかなり強いので潰されはしなかったが、珍しく少し酔ったようで顔がほんのり赤くなっている。

ゾーヤは少し嗜《たしな》む程度で、かなり食事に気を遣っているらしく予《あらかじ》め皆より少量によそわれた料理が出されていた。対してバルは飲むわ食べるわ、大食い選手権にでも出られそうな勢いだ。ちなみにロシアは昔は十八歳から飲酒可能だったようだが、どうやら今は年齢が二十一歳に引き上げられ、それに満たないバルは家の外では飲まないようにしているらしい。

離れにも客室は複数あり、映と雪也の荷物は別々の部屋に持ち込まれていたが、ベッドもダブルサイズで二人でも眠れそうだ。

ひとつ屋根の下にいて別々に眠ったことがほとんどないので、どうせここは自分たち専用のようなもので誰も部屋には入らないだろうと高をくくり、雪也の荷物も映の部屋へ移してしまった。

「あの料理、全部コックが作ってんだろうな。ゾーヤは料理なんかしなさそう」

「そうでしょうね。爪《つめ》も随分長く伸ばしていましたし。ロシア料理、日本のものとは色々違いましたが美味しかったですね」

「そうそう、ピロシキって揚げパンじゃないんだよな……意外。普通に具の詰まったパンだった」

「ビーフストロガノフも牛肉のクリーム煮って感じでしたね。日本だとハヤシライスみたいな見た目が多いですが。やはり別の国に持ち込まれれば、その国の味にアレンジされるんでしょうね」

「そうだろうなぁ。日本料理も世界中で流行《はや》ってるけど、どこも微妙に違うと思うぜ」

ソファに座ってひとしきり夕食の感想を述べ合う。出された料理はどれも美味で、空腹だった二人は残さず平らげた。

このままシャワーを浴びてすぐに眠ることができればどんなに幸福だろう。

しかし、嫉妬深い番犬がこのまま終わるはずはなかった。

「ところで……あのヴァレリーという子は、あなたのことが随分気に入っているようですね。食事中もずっとあなたばかり見ていたし、一生懸命話しかけていたじゃないですか」

とうとう来た。

絶対に来ると思っていたが、来てしまった。

二人きりの時間になれば必ず問い詰められるだろうと覚悟し、あらゆるシチュエーションを想定していたはずが、眠気と疲れですっかり吹っ飛んでしまっている。

「う、うん……まあ、日本に来てたときに、ずっと一緒に遊んでやってたからかな」

「普通に慕うってレベルじゃないですよ。もっとあからさまな好意でした」

「考え過ぎだって。さすがに八年ぶりだもん、そりゃはしゃぐよ。外国人だから表現が大げさなんだって。挨拶だってハグしてキスだろ。あれも地域によって違うらしいけど、この一家は色んな人たちと会うだろうから挨拶のとき、会えて嬉しい！　って最大限の表現するんだよ」

「そう、その挨拶も気になりましたよ。俺だって外国人の挨拶くらいわかります。ロシア人は男性同士ならば大概は握手と、それ以上でもハグくらいだ。でも彼はあなたと握手せず真っ先に抱きついていた。ああいうのは女性に対してだけなんじゃないですか？」

やはり雪也だ。一筋縄ではいかない。

さすがにこちらの事情には疎いだろうと思ったが、ピョートルと仕事をしたことがあるためか意外に詳しそうである。

「いや……ピョートルだってハグしただろ。俺はこんな見た目だしロシア人からすればかなり小さいから、子どももみたいなもんだと思ってハグされんだよ。それにハグに正しい決まりなんて特にないし」

「まあ、挨拶なんて確かに個人でも違いますしね。それはいいとして……しかしロシアは日本以上に同性愛に厳しいと聞いたことがあります。男は男らしく、女は女らしくという文化です。それが、彼はあなたに対してあまりに近づき過ぎる。普通の男性同士の雰囲気ではありませんでした」

「し、しつこいなぁ……大丈夫だって。バルにはちゃんと彼女がいるって聞いてんだから」

「え？　そうなんですか」

ここでようやく、雪也の追及が緩む。映は少しホッとして無意識に強張《こわば》っていた体の力を抜いた。

「そうだよ。親父に何となくここの家庭の事情は聞いてる。バルはあんなイケメンだし、ガールフレンドは切れたことがないんだってさ」

「へえ……なるほど。父親の血ですかね。まあ確かに、あれは周りが放っておかないだろうと思いますが」

「だろ？　普段からロシア美女に囲まれてんだから、俺みたいなちっこい日本人の男なんてそんな気にならないに決まってる。そもそも自分の母親があんなどえらいセクシー美人だぞ。何で男なんか好きになるんだよ」

「そりゃ……あなたは普通の『男』じゃありませんからね」

雪也はスッと目を細め、映の頤《おとがい》を指先ですくう。

「あなたの対男フェロモンは異常ですよ。この前なんて一歳にもならない赤ん坊まで虜《とりこ》にしたじゃないですか」

「いやいや、だからあれは違うって……たまたま懐かれただけ！」

つい最近の拓也の隠し子騒動の件に言及され、まだそんなことを考えていたのかと呆《あき》れる。誰が抱いてもギャン泣きだった赤ん坊が偶然映が抱いたときは機嫌がよくなっただけなのに、それをフェロモンだ何だと言われても納得できない。

「俺だってあなたを知らなければ赤ん坊にまでフェロモンが効くなんて馬鹿《ばか》げていると思いますよ。けれど、これまであなたと過ごしてきて、あまりにもあなたの体質の威力を目の当たりにしている。狙《ねら》えば百発百中だし、筋金入りのホモ嫌いだった龍二《りゅうじ》の舎弟まで落としたじゃないですか。あなたが微笑みかけただけで陥落した男だっている。そりゃ赤ん坊に効果があったって驚きません」

そうやって言葉にされると、なるほど自分は意図するしないにかかわらず、多くの被害者を出してきたのだなぁと他人事《ひとごと》のようにしみじみ納得してしまう。

バルとの十年前のキスも、ロシア人から見れば恐らく男だか女だか判別がつかない映に恋心の錯覚を覚え、『お嫁さんにしたい』と言ってせがんできたのだろう。しかし、そんな随分前の仄《ほの》かな感情を未《いま》だに持ち続けているとは思えなかった。いや、もしかすると会えない間に、バルの中でまるでお伽噺《とぎばなし》のような、現実離れした理想的な恋の思い出になってしまったのかもしれないが。

「ま、まあ……とにかく、バルのことは心配すんなって。俺のことは懐かしい日本の兄ちゃんくらいにしか思ってねぇよ」

「そうでしょうか……。まあ、五千歩くらい譲ってそう納得してあげてもいいですけどね」

「めちゃくちゃ譲ってんな。何だよ、他に何が気になんだよ」

「あなたのことですよ」

はっきりとご指名をいただき、「へ？」と思わず間抜けな顔になる。

「なるほど、バル君はあなたにそんな気持ちはないのかもしれない。十中八九以上にあるとは思ってますが、仮にないとしてみましょう。しかし、あなたの方はどうでしょうか」

「は……はあ？　おいおい雪也、何言ってんだよ」

雪也としたことが、随分と的はずれな発言である。

「あんただって知ってんだろうが。俺が何であの巨大でマッチョで到底十代には見えない逞しい男をどうこうしようとか思うんだよ。俺の好みとは真逆だろうが」

「映さんの好みとは？」

「ええ……知ってんだろ。俺は華奢《きゃしゃ》で儚《はかな》げで小さくて可愛い美少年が……」

「ええ、そうでしょうねえ。それを期待していたのに、思いがけず立派な男に成長してしまっていて、ひどくがっかりしたんでしょう？」

「当たり前じゃねぇか！　小さい頃はあんだけ天使で可愛かったのに、何であんなゴツくなっちまったんだって……あれ？」

おかしい。この離れも十分に暖房は利いているはずなのに、なぜかシベリアにでも瞬間移動したかのようなブリザードが吹き荒れている。

「やっぱりそうでしたか……ちょっとおかしいと思ったんですよね……あれほど過去の自分は捨てたの何のと、日本画からも遠ざかっていたあなたが易々《やすやす》と襖絵の依頼を受けるだなんて……」

「え……？　いや、ちょっと待て。何か勘違いしてる？」

「勘違いも何も、あなたが今しがた白状したんじゃないですか。かつて天使のようだったロシア人の少年が、十八歳になって食べごろに育っていると思ってわざわざ海を越えてきたんでしょう？　それでえらい落胆していたじゃないですか。移動中の車の中のあなたはため息ばかりついていました。あてが外れて悲嘆に暮れていたんでしょう？」

絶対零度の微笑みを浮かべ雪也がズバズバと的確に指摘してくる。

やはりモロバレであった。映があからさまに落ち込んでいたのでピンときてしまったのだろうか。相変わらず鬼のような嗅覚《きゅうかく》の鋭さである。

「いや、あの……あのね、正直バルに関してはその通りなんだけど、襖絵の依頼を受けたのは別にバル目的ってわけじゃねぇよ？」

「ほう……そうだったんですか？　それじゃまた何でいきなり」

「だからさぁ……受けたときも言ったじゃん。俺、だんだん変わってきたの。あんたに会ったお陰で。少しずつ日本画描いてもいいかなって気になってきたの」

家を出たばかりの頃の自分からすれば信じられない変化だ。間違いなく雪也がいなければ起こらなかったことで、自分がこの男に変えられたことを嫌でも認めないわけにはいかない。

しかし今永久凍土状態の雪也は映の主張を簡単には受け入れない。

「本当ですか？　いや、あなたが変わってきたのはわかってますけど、ロシアに行くという決断にロシアの美少年が少しも影響しなかったんですか？」

「そりゃ……会うのは楽しみだったけど。でも襖絵を描こうと思ったのはまた別だし」

「ふうん……でも俺がついてこなかったらどうなってたかわかりませんよね……まあ目的の美少年がデカデカと育ってしまったので計画はおしゃかになったでしょうが」

「だ、だから何も計画とかしてねぇっつーの！　それにあんたがついてこないわけないじゃん。そのくらいわかってるよ」

延々と堂々巡りが続きそうな気配に業を煮やし、映は雪也の膝の上に向かい合って腰を下ろす。

「なあ……いい加減、機嫌直せって。どっちにしろあんだけ成長したバルに何もするわけねぇだろ」

「そりゃ、あなたは、ね……」

「それに、俺は仕事しに来たんだから、色気出してる暇もねぇの。部屋にはこうして雪也もいるんだからさ」

まだ不満げな唇にキスをすると、雪也の瞳が少しだけ和らぐ。

「色仕掛けで誤魔化す気ですか」

「色仕掛けされたくない？」

「……されたいですよ」

雪也は少し悔しげに睨《にら》みつけた後、映を引き寄せてその唇を貪《むさぼ》る。

「本当に……あなたは卑怯《ひきょう》だ。後ろめたいことがあってもこうやって体でなあなあにしようとするんだから」

「違うよ、後ろめたいことなんてないって。っていうか、今全部言ったし」

「本当ですか？　あなたはそうやっていつも……、ん」

雪也のアルコールの匂いのする舌を吸いながら、尻《しり》の下ですでに硬くなっているものにぐっと体重をかける。

「ロシア最初の夜だぞ……？　つまんないことばっか言うなよ。な？」

「あ、きらさん……」

こうなったら全力でご奉仕して雪也の気をそらすしかない。こういうときの雪也は本当に粘着質でしつこいので、たとえ潔白だとしてもまったく信じてもらえない。まあ大概の場合映が潔白だったことはないのだが。

丹念にキスをしながら雪也の服の下に手を入れる。燃えるように熱い肌を愛撫《あいぶ》しながら、ベルトを抜き、下の服を剝《は》いでゆく。

積極的な映に煽《あお》られて、雪也もやや性急に映の服を脱がせる。下着をデニムごと引きずり下ろされ、熱い手の平で尻臀《しりたぶ》を強く揉《も》まれて、自然と息が上がっていく。

旅先でも準備は万端のローションで塗《まみ》れた指で狭間を拡《ひろ》げられながら乳首を吸われ、頭の奥の痺《しび》れるような快感に酔いながら、雪也の陰茎を巧みに急《せ》き立《た》てる。

（はぁ……デケェなぁ。雪也って怒ってるとますますデカくなるんだよなぁ……）

怒りのパワーか何なのか、激しているときにはグッと反り返る力が強くなるというか、単純に挿入されたときの圧迫感が増して気絶しそうになる。

両手で愛撫していると、これで思う存分尻を犯されたらと想像するだけで空イキしそうだ。太い血管の浮いた逞しい幹に、大きく笠《かさ》の張り出した亀頭《きとう》。この丸い先端が最奥の腸壁にはまり込むのがたまらないのだ。頭が真っ白になって、いつの間にか腹は体液でずぶ濡《ぬ》れになっている。この弾力のある笠で浅い場所の前立腺《ぜんりつせん》を抉《えぐ》られるのも最高だ。あの味わいを思い出しただけで涎が垂れそうになり、映は執拗《しつよう》に雪也のものを弄《いじ》ってしまう。

雪也は思わず出そうになるのを堪えているのか、腹筋を蠢《うごめ》かせ息を詰めながら、映の唇を吸う。

「今……いやらしいこと考えてます？」

「え……、何で」

「映さん、興奮するとむわっと甘い匂いが立ち上るんですよ……普段から纏っている香りですが、それが一層濃くなる……これが多分フェロモンの匂いってやつですね」

犬のように映の首筋をスンスン嗅《か》ぎながら、雪也は熱いため息を落とす。

「これを嗅ぐと出しても出しても萎《な》えないんです……あなたは男を自分を満足させる奴隷に変えてしまう……恐ろしい人ですね」

「いや、どう考えたってあんたが元々性欲過剰なんだろうが」

「反論はしませんが、あなた以外ではここまでにはならないんですよ……あなたといると無尽蔵に欲が湧いてくる。本当に厄介だ」

雪也は笑いながら映を抱き締め、解《ほぐ》れて蕩《とろ》けたそこにゆっくりと剛直を埋没させてゆく。

「あ……、は、あぁ……」

「ふぅ……相変わらずの、歓迎ですね……あなたの中は本当に天国のようです……」

向かい合ったまま挿入されると、後ろに入れられることで前が連動して反応しているのが露骨に見えて少し恥ずかしい。ほとんど愛撫もされていないのに、映は雪也と互いを弄り合っているだけで勃《た》ち、尻に入れられればもうずっと先端から涙をこぼし続けてしまう。

今更ながら、男でありながら男に抱かれるための体だ。もうとっくに入れられないと満足できない体に仕上がっている。最初からそう教えられたのだから仕方がない。

「あっ！　あ……ふぁ……」

ずんと最奥まで収められると、深々と満たされた感覚に恍惚《こうこつ》とする。フライトの疲れや初めて訪れた家での緊張も何のその、この快楽さえあれば映はいつでもどこでも没頭してしまえる。

うっとりと雪也の頭を抱きかかえ、額やこめかみにキスをする。激しく揺すぶられるのもいいけれど、こうしてすべてを埋めた後、密着して抱き合い、じっとしているこの瞬間も例えようもなく快感だ。

「はぁ、あぁ、いぃ……気持ちいい……」

「まだ動いてないのに、いいんですか……」

「うん……入れられてるだけで、あ、は……、も、最高」

動かれずとも、中に埋まったペニスの感触を腸壁を蠕動《ぜんどう》させて味わうことができる。目いっぱいに拡げられた入り口は常にピリリとした鋭いエクスタシーを四肢の先まで伝え、粘膜の隅々まで愛おしいものを埋められた悦《よろこ》びで戦慄《わなな》いている。

「く……、何で、そんな、中だけ動かせるんですか……っ」

「え……、そんなに動いてる……？」

「動いて、ますよ……生き物みたいに……もう、名器なんてもんじゃない……本当、危険過ぎるな、映さんは……」

無意識のうちにかなり絞っていたらしく、雪也は苦しげに呻《うめ》き、我慢できなくなったように腰を突き上げる。

映は声にならない声を上げ、目の前に白い星の飛び散るような衝撃を覚えた。どっと何かのあふれる感覚があり、立て続けに乱暴に突き上げられて、激しい快楽に仰のいて喘いだ。

「あっ、あ、あ、は、あっ、はぁ、んあ、ふぁ、あ」

「はぁ、はぁ、あぁ、何だか、洋服の映さんを抱くのは、新鮮ですね……大体、着物ですし……」

中途半端に脱がされたカットソーとカーディガンを纏わりつかせたまま揺れている映に、何やら新鮮味を感じているらしい。

「別に、変わんないだろ……ここ、ロシアだけど、この部屋、和風だしな……」

「確かに……じゃあ今度はロシアらしいところでしましょうか」

「どこだよ、そこ……屋外だと凍るぞ……」

軽口を叩きながら交わり、口を吸い合いながら快感を楽しむ。

初めて訪れた国で、着いて早々に盛っている自分たちの動物さ加減に呆れながらも、二人でいればどこにいてもこうなってしまうのは仕方がない。抱き合わない方が不自然だし、ただ二人並んでいるだけではどこか不完全な気すらする。

「ロシアの人って、どんな風にするんでしょうね……」

「さあ……日本と同じで人によるだろ。確かめてみたら？　ゾーヤ、あからさまにあんたに興味ありそうだったし……」

「やめてくださいよ……ピョートルに殺されるのはごめんです」

「でもさ、何か全然気にしてない感じだったよな……何度も結婚してるとああなっちゃうのかね……」

何となくあの家族の様子に違和感を持ちつつ、あまり深く関わらない方がいいという気もする。何しろ何度も妻を替え、それぞれに子どももいるのだ。色々とこじれないはずがない。

雪也は映の緩慢な動きに焦《じ》れてソファに押し倒し、上から思うさま責めてくる。思わず大きな声を出しそうになって、堪える。防寒のために二重窓になっているし母屋から離れているので声は聞こえないはずだが、やはり何となく抑え気味になる。

雪也はそんな映を見て小さく笑った。

「どうしたんですか。声」

「だって……もし聞こえたらどうするんだよ」

「聞こえませんよ……それに、聞こえてたっていいじゃないですか」

「よ、よくねぇよ……こっちの国の事情わかんねぇし……毛嫌いされたら、仕事やりにくくなる……」

確かロシアには同性愛喧伝《けんでん》を規制する法案があった。そういうものが法律で定められる国なのだから、同性愛者には厳しいはずだ。性的マイノリティへの差別もよく聞く。

「それに……ピョートルから親父の方に伝えられちまったら、困るし」

「ああ……それはそうですね……」

家族の話を出すと、雪也も頷く。そもそも最初は一馬に頼まれていた依頼なので、ここでヘマをして父の顔に泥を塗るわけにはいかない。だから彼らの前では飽くまで雪也とは『友人』である。

雪也は理解を示しつつ、無遠慮に映を揺らす。まるで大きく声を出させようとするような動きに、理性を手放しそうになる。

「はぁっ、あ、ん、あぁ、ゆ、雪也……」

「大丈夫ですよ……馬鹿みたいに大きい声上げなきゃ……」

「っ……あんた絶対、楽しんでるだろ……」

映の首筋を吸いながら、深々と埋める。奥を小刻みに揺らし、映の弱い部分を餅《もち》つきのようにぐっちゃぐっちゃとしつこくこね回し、組み敷いた体をこれでもかというほど責め立てる。

「はう、う……ひぁ、あ、ふあ」

「映さん、可愛い……あなたみたいな人が美少年を欲しがるんですから、本当に歪《ゆが》んでますよ……鏡でも見てりゃいいのに……」

呪詛《じゅそ》のように呟きながらソファを軋《きし》ませ、腰を絶えず動かしながら映の汗ばむ肌を愛撫する。やや酔っているせいか触り方がいつもより変態的で、ヒクつく映の前をねっとりと揉みながら先端を握り込む。

「こんな可愛いもので美少年と遊ぶ気だったんですか？　あなたなんて彼らからしたって犯す対象ですよ……」

「ば、馬鹿……ほっとけよ……っ」

「ダメです……あなたはずっと懲りないので、何度も自分をわからせてあげないと……」

有耶無耶《うやむや》になったかと思ったが、まだバルの件は尾を引いているらしい。目論見《もくろみ》が外れたのだからもういいじゃないかと思うものの、僅かな期待すらも許《ゆる》し難《がた》いことらしい。

しつこく最奥に嵌《は》め込《こ》まれ、何度もオーガズムに飛ぶ。甘い甘い快楽に溺《おぼ》れながら、執拗に囁《ささや》きかける酔っ払いの背中にしがみつく。

「ね……気持ちいいですか、映さん……美少年を抱くよりも、気持ちいいですよね……」

「ん、ふ、い、いぃ、ん、は、あ、気持ち、い……」

「あなたのこの体は俺に抱かれるためだけのものですからね……何度でもわからせてあげますから……もう不埒《ふらち》な考えは持たないでくださいね……」

吹きかけられるアルコールまじりの呼気に酩酊《めいてい》しつつ、舌を嫌というほど吸われて頭の芯《しん》がジンとぼやける。腹に精を垂らし続けながら精力的に犯され、もうどうでもいいような、何もかも忘れてセックスに没入してしまいたいような抗《あらが》い難《がた》い誘惑に包み込まれている。

「んあ、は、あう、あ、ひ、あ、あ、ぁ」

「はあ、は……、も、すぐ、出そうです……」

雪也の動きが早くなる。はたと我に返り、ここが旅先であることを思い出し俄《にわか》に焦る。

「だ、だめ、服汚しちゃ……」

「大丈夫です。俺が手洗いして干しておきますよ。洗剤も持ってきてるんで」

当然と言わんばかりに準備万端である。有無を言わさず映の口にかぶりつき、体ごと押さえつけ、どちゅどちゅと奥を立て続けに抉る。死んでしまいそうな絶頂感に、映は涙をこぼして射精する。

「んうっ、ふう、う、あ、ひぃ、あ、は……」

「くっ……、う、は、ぁ……っ」

雪也の精が奥に大量に吐き出されると、体は勝手に痙攣《けいれん》し、ビュル、と透明な液体が噴きこぼれる。

その感覚を陶然として味わいながら、案の定まったく萎えない雪也の質量を感じつつ、映は雪也の執拗なキスを受ける。

「ふう……記念すべきロシア最初の種つけですね……」

「変な記念作るんじゃねぇ……」

ぐったりとした映を抱きながら再び緩慢に動き出す雪也。海を越えても絶倫具合は変わらない。

「明日は、パーティーをするらしいですから……中には映さんの好きな美少年もいるかもしれないですし……しっかり抜いておかないといけませんね……」

「ば、馬鹿……だから、ロシアまで来てそんなに盛らないっつーの」

「ええ、そんなことしたらお仕置きしますから……それまでにロシア式のお仕置き、調べておこうかな」

「怖いからやめて……！」

明日は映たちの歓迎会も兼ねてのパーティーを催すとピョートルは夕食の席で言っていた。確かにどストライクな美少年がやってくる可能性も否めないが、この分では明日立って歩ければましというくらいまで抱き潰されそうである。

延々と啼《な》かされ続けながら、ロシア最初の夜は更けていった。

掛け軸

翌日から早速映《あきら》は襖絵《ふすまえ》の構想に取りかかった。

ピョートルは図柄には特に希望はない、好きに描いて欲しいと言うが、ひとつの条件を提示した。

「映、あの部屋の障子を開け放すと、この四阿《あずまや》から楓《かえで》越しに奥の襖がよく見えるだろう。モスクワの冬などこんな屋外でのんびりできたものではないが、紅葉の季節ならばヒーターでも持ってくればここは絶好のスポットなんだ」

「なるほど。それじゃ、紅葉に映えるような絵を描いて欲しいと？」

「ああ、そういうことだ。飲み込みが早くて助かるよ。だがもちろん、紅葉はさほど長く続かない。ここは大抵は青もみじを楽しむ場所になるだろう。だから緑にも合うようなものを描いて欲しいんだ」

「ええ、わかりました。この風景に馴染《なじ》むものですね。まずいくつか下絵を描きますから、その中からあなたの好みのものを選んでください」

ピョートルはさすが日本通で『青もみじ』などという言葉を知っている。ロシアではそんな名前で呼んで、まだ若い楓を楽しむなどということは恐らくないのだろうが、日本ではその年の気温に色の鮮やかさが左右される紅葉と違い、初夏の青もみじは常に美しく間違いがない。そのため、赤い紅葉よりも緑の青もみじを好む人もいるほどだ。

（なるほど……この四阿から見て、楓越しに見る襖絵、ね……それを前提にこの庭園や建物を造ったのか。玄人《くろうと》好みというか、何というか……）

映は実際に四阿の椅子《いす》に腰掛け、そこから軽くスケッチをしてみた。部屋は六畳。さほど大きくない空間は、大柄なロシア人が四人も入れば窮屈になってしまうだろう。

絵を描く襖は四枚分。そこを開け放てば、あるいは襖を外せば、奥と繋《つな》がり部屋が広くなる。

青葉とも紅葉とも調和のとれるような美しい図柄――この日本庭園を眺めていると、ピョートルの好みは侘《わ》び寂《さ》びに偏ったものではなさそうだ。池には朱塗りの橋がかかり、四季折々の花が咲くように木が植わり、装飾の凝った石灯籠《いしどうろう》など、賑《にぎ》やかな印象である。どちらかといえば豪華絢爛《ごうかけんらん》な――鮮やかな趣《おもむき》のものがいいかもしれない。

頭を回転させながら色々と下絵を描いていると、つい没頭してしまっていたらしい。

「映」とバルが呼びかけるその声にハッと気づけばすでに夕方になっていた。

「映、今日は着物なんだね」

「ああ……うん。フライトではさすがに目立つからやめたんだ。でも、やっぱり普段からこういう格好だから、ここで絵を描くときには和服でいようと思って」

「すごく似合ってるよ」

バルは青い目を輝かせ微笑《ほほえ》んだ。その美しい笑顔は、まるで薔薇《ばら》が咲いたようだと思う。映の守備範囲ではないが、バルは本当に麗しい美青年に成長した。

「この日本庭園の中の四阿に着物姿の映がいると、ここがモスクワだってこと、忘れそうになっちゃうね」

「はは、そうかもな。バル、もう随分日本には来てないはずだけど、こういう風景を覚えてるのか？」

「もちろんさ。写真はたくさん残ってるし……それに、映と過ごした日本の景色を忘れるもんか」

素直に映への好意を口にするバルは、図体《ずうたい》はでかいがひどく可愛《かわい》らしい。ロシア人は愛想笑いもしないしとっつきにくいようなイメージがあるが、ピョートル一家と昔から親交のあった映にはそういった先入観はない。それにしても、バルは自分の感情にとても素直で、駆け引きめいたやり取りなどしない。やはりそこはまだ若い十代の少年なのだろうかと感じる。

「それにしても映、どうして外でスケッチしてるの？　中で描けばいいのに」

「ああ……ピョートルが、この楓越しに見て映える襖絵を描いて欲しいって言うからさ」

「へえ、そうなんだ。うん……いいんじゃない。俺もこの木は好きだよ」

「楓が？　へえ。ロシア人は楓が好きなの？」

　バルは腕組みをして少し考える。

「好きっていうか……そうだね。身近な木かなぁ。紅葉すると綺麗《きれい》だし。よく楓と一緒に撮った写真、皆SNSにアップしたりするよ」

「ふうん。映《ば》えってやつ？」

　まあ、そう、と答え、バルは楓の葉を一枚取って「こんな風に」と頭に飾る。ガタイがよ過ぎるので忘れていたが、顔だけ見れば少し幼くてそんなお茶目なポーズがよく似合う。

「この辺にいちばんよく生えてるのは白樺《しらかば》だと思うけど、楓も多いんだ。昔は生まれ変わりの木って言われてたみたい」

「すごい。神秘的な呼び名だなぁ」

「ほら、楓って葉っぱが五本の指みたいに分かれてるでしょ。だから楓の木は次の生まれ変わりを待つ人間の化身なんだって。他にも色々そういう話があったと思うけど忘れちゃった。調べておこうか」

「なるほど……面白いな。自分でも検索してみるよ。ロシアはアニミズムじゃないと思ってたけど、そういう話もあるんだ。日本人としてちょっと共感するよ」

日本は八百万《やおよろず》の神の観念が根づいており、万物に命が宿るという考えがある。一神教の宗教が広まっている地域ではそういう考えはあまりないはずだが、考えてみればそういった信仰が広まる前の世界では自然は神そのもので、どこにでもアニミズム的言い伝えは残っているのかもしれない。

「もうパーティーが始まってるんだ。ほとんど皆集まってるよ」

「あ、そうか。ごめんごめん、せっかくの催しなのに、俺何も手伝ってないな」

「何言ってんだよ、映は自分の仕事をしてただけだろ。そのために来たんだから、気にしないで」

バルは大きな手で映の手をまるでお姫様の手を取る騎士のように恭《うやうや》しく取り、母屋の方へと歩いていく。

その大きな背中を見つめながら、映はあの幼い天使にこうして手を引かれることになるなんて、と妙な感慨に耽《ふけ》っている。

八年前は、当然ながらいつでも映がバルの手を引いていた。ときには、興味のあるものを見つけたバルが、早く早くと映を急《せ》かして手を引っ張ったかもしれないが、あの小さかった手が、すでに自分の手を包み込むほどの大きさになってしまっている。

(それにしても、昨夜あれだけバルのことを気にしてた雪也《ゆきや》がこんな易々《やすやす》とバルを迎えに来させるなんて……パーティーで誰かに捕まってんのか?)

こんな風にバルに手を繋がれているのを見たらまた面倒なことになりそうだ。中へ入ったら気をつけなければいけない。

母屋ではバルの言う通りすでにパーティーが始まっており、中には二十人ほどが集まっている。八十畳ほどはある広間はすでに宴《うたげ》の場と化し、そこら中にふんだんに食べ物や飲み物が置いてある。

ピョートルはすっかり出来上がっている様子で、グラス片手に大きな声で客人と談笑している。当たり前だがロシア語がやかましく飛び交い、映は、自分が異邦人であることを強く自覚した。

「おお、来たか、映!」

映の顔を見ると上機嫌に名前を呼び、それに周りが一斉に反応する。

ピョートルは映を手招きし、バルから奪うようにして豪快に肩を抱く。

「皆、彼が日本から遥々《はるばる》来てくれた夏川《なつかわ》映だ。今離れの襖絵を描いてもらおうとしているところさ」

ほとんどがなり立てるような調子のピョートルの紹介に、「おお、彼がアキラ・ナツカワか」「ピョートルがいちばんお気に入りの絵を描いた人ね。こんなに幼く可愛らしいなんて!」「前にオークションに出ていたぞ。あまりに高くて私など手が出なかった」などと口々に歓声を上げ、あっという間に映は巨大な人々に囲まれた。

最初はロシア語で話しかけてくる人もいたが、映が会話できないとわかると皆英語に切り替える。

それだけでも、ここにいる人々が上等な教育を受けた何かしら特別な階級、もしくは立場にあるのだろうということがわかる。

若いロシア人ならば英語を使える者も多いが、少し遡《さかのぼ》るとまったく英語が話せない人々ばかりだ。冷戦時代には敵国の言葉として英語など教えていなかったし、長い間一般的なロシア人は英語に接する機会がなかったと言っていい。

ここにいる客人はピョートルの友人も多いだけに、かなり年配の人々が大半だ。それでも皆苦もなく英語が話せるということは、かなり上等な教育を受けてきたはずである。

「映、ここの離れの襖絵を描くんだって？　ピョートルはなんて贅沢《ぜいたく》な男だ！」

「君がしばらく描いていないものだから、君の絵はひどい高値で売買されているんだ。頼むよ、私のためとは言わないがまた描き始めてくれないか」

ピョートルと親しい人々なだけあって好事家が多い。映は無茶な要求を何やかんやとかわしていたが、そこへバルが憤慨した様子で割って入る。

「ちょっと！　映は俺たちの大切なお客さんなんだ。勝手に絵の依頼とかしないで欲しい」

「おっと……バルは厳しいなぁ。ちょっとくらいいいじゃないか」

「よくないよ！　映はここにいる間はずっと俺と一緒にいるんだから。嫌な気持ちにさせてすぐに日本へ帰っちゃったらどうしてくれるのさ」

半ば本気で怒っているバルの剣幕に周りは笑っている。「またバルの奴《やつ》、お気に入りを我が物顔で……」「本当にワガママなお坊ちゃんだな」などと軽口を叩《たた》かれる。

バル本人は人々の反応になど興味がないらしく、映の肩を抱いて人の輪から抜け出した。

「映、兄弟たちも来ているから一応紹介するよ」

「え……ってことは、前の奥さんの……？」

「うん、そう。奥さんたちはさすがに来ないけど、子どもたちは父さんと交流があるよ。いちばん上の長男はもう会社もひとつ任されてるしね」

なるほどと思いつつ、映はキョロキョロと辺りを見回して雪也の姿を探す。

するとやはりというべきか、ソファに座ってがっちりとゾーヤに捕まっていた。ゾーヤはカクテル片手に何やら甘い笑みを浮かべて雪也に囁《ささや》きかけている。

はたと映と目が合うと苦笑する雪也。大丈夫だから何とかやってくれと軽く頷《うなず》き、映はバルが次々に紹介してくれる兄弟たちに挨拶《あいさつ》をした。

まずピョートルの会社をひとつ任されているという、最初の妻の息子、最も年長のマキ

シム。彼は三十四歳だが、雪也よりも十は年上に見える。

そしてその妹のアーニャ。三十歳。心理学者だそうで、二人の子持ちらしい。

二番目の妻の息子たち、イゴールとセルゲイは双子で二十四歳。イゴールは生物学の大学院に在籍し、セルゲイは歌手として活躍中。

「あとは……今日は用事があって来てないんだけど、すぐ前の奥さんの娘のマリヤ。奥さんが日本人だったからマリヤは少し映たちには親しみやすいかも。彼女はバレリーナなんだ。今プリンシパルらしい。結構有名だよ」

「そ、そっか。会いたかったなぁ。で、それで全員?」

「うん、そう。全部で六人」

立て続けに紹介され、聞き慣れないロシア語の名前を教えられても、正直言ってまったく覚えられない。子どもの頃ピョートルに連れられて日本に来ていた人たちもいるのだろうが、何しろ成長しているし映も小さかったので記憶が曖昧《あいまい》だ。

しかも血が繋がっているだけあって皆微妙に似ている。白人はアジア人の見分けがつかないというが、アジア人とて同じである。

辛《かろ》うじて顔貌《かおかたち》は覚えていても、名前と一致しない。しかしどうせ今日限りだろうとわかっているので、映も覚える努力は放棄している。

「奥さん同士はそうはいかないだろうけど、兄弟たちは仲がいいんだな」

「いや……そんなこともないけどね」

バルの表情がやや曇る。おや、と思ったが、この場で聞くような内容でもないだろうと思い、気のない相槌《あいづち》でスルーする。そりゃ複雑な感情がないわけはないだろう。

それにしても……と映は視界の端で雪也とゾーヤを見る。

ピョートルも当然二人があからさまにくっついてずっと話しているのに気づいているだろうに、まるで気にしていないようだ。

昨夜も思ったが、どうも妙な距離感を感じる。もしかすると、また別れてしまうのか。

ロシアは実は世界で最も高い離婚率を持つ。ピョートルほど結婚と離婚を繰り返している男は少ないだろうが、離婚への抵抗感は日本よりは低いのかもしれない。

「二人が気になる？」

チラチラと見ていたのに気づいたバルが、少しいたずらっぽい顔で訊《たず》ねる。

「父さんのことなら気にしなくていいよ。そんなことで怒る人じゃないし」

「いや、そうだろうけど……ピョートルも大変だな。美人な奥さんだから、気が気じゃないだろ」

「ううん、そんなことないと思う。父さんも母さんも自由だし」

バルはこともなげに肩を竦《すく》める。

「えっと……それは、恋愛が自由ってことか」

「まあ、そんな感じかな。母さんには決まった相手っていないみたいだけど、父さんなんてやりたい放題だよ。もう周りも慣れちゃってる」

それは何となく想像がつく。しかし家族公認でどちらもフリーダムだとは驚いた。さすが四度結婚している男の家は違う――と納得してもいいのだろうか。

ふいに玄関の方で何かを言い争っている声が聞こえる。パーティーの喧騒《けんそう》で紛れているが、ふと耳に入り込んだ怒号に映はハッと振り返る。

「ピョートル！　いるんでしょうピョートル！」

女の金切り声だ。さすがにゲストたちも気づき、何事かと声の方を注視する。

するとひどく瘦《や》せぎすな女が大股《おおまた》で広間に入ってきて、真《ま》っ直《す》ぐにピョートルの方へ歩み寄った。見たところ彼女はアジア人だ。

「英里《えり》さん……」

「え？　バル、知り合い？」

「前の奥さんだよ。言ったろ、日本人って」

なるほど、彼女がピョートルが結婚した唯一の外国人か。そういえば日本人の妻を連れてきたことがあったかもしれない。とても可愛い女の子を連れていたのは覚えている。

それにしても、見るからに穏やかな雰囲気ではない。一瞬で室内に緊張感が走った。

「おお、英里。一体どうしたんだ、そんな怖い顔をして」

「シラを切るつもりなの。いい加減にしてちょうだい。こんな目立つところに堂々と飾って、恥というものを知らないの！」

「何のことだか……」

「わかっているくせに！　あの掛け軸よ！」

英里は眦《まなじり》を吊《つ》り上《あ》げて広間の壁にかかっている掛け軸を指差した。

（あれは確か、バルが何か話してたやつか……）

ピョートルのコレクションを見せてもらっているとき、ここにあるものをどうやって入手したのかはわからないが、あの掛け軸だけは出どころがわかっている、と言っていた。曰《いわ》くつきだと。

「あれは我が家の家宝なのよ。結婚するときあなたにあげたけれど、離婚したんだから返してとずっと言っているでしょう！」

「おいおい、何を言っているんだ。君のお父様が事業で失敗して借金まみれだったのを、私がすべて肩代わりしてやったんじゃないか。その御礼にあの掛け軸をいただいたんだ。金を返してもらったわけでもないのに、掛け軸を返すわけがないだろう」

「この人でなし！　あんなものに拘《こだわ》らなくたって、あなたはとっくにたくさんのコレクションに囲まれているじゃないの！」

「そうだ、あの掛け軸は私のコレクションの一部なんだ。それを失うわけにはいかないよ。君にはあれの価値がわからないだろうが、見る人が見れば喉《のど》から手が出るほど欲しい代物《しろもの》だ。私は絶対に手放さないぞ」

二人は激しくロシア語でやり取りをしている。早口過ぎて何を言っているんだかわからない映は戸惑ってバルを見上げるが、バルも心配げに二人を見守っており通訳をする余裕もなさそうだ。

「ねえ……英里さん。お取り込み中のところ申し訳ないんだけれど、見てわからない？今私たちは楽しくパーティーをしていたのよ。それなのに、あなたは一体何をしに来たの」

ゾーヤが雪也とソファで密着したまま、物憂げに口を挟む。

現在の妻であるゾーヤの余裕を見て、英里はますます怒りが燃え上がったように顔を真っ赤にして喚《わめ》く。

「だから、さっきから何度も言っているでしょう。私は自分の家のものを取り戻しに来ただけよ！」

「ピョートルはあれを買ったのよ。あなたの家を救うために買ってあげたの。それを今更返してだなんて、まるで子どもみたいな言いぐさね」

「子どもですって。どちらが子どもよ！　ここなんて、わざわざ日本風の離れを建てて！掛け軸も堂々と飾って！　すべてが私を馬鹿《ばか》にしているじゃないの！　もうたくさんだわ！」

「たくさんなのはこっちよぉ……ねえ、あなた」

ゾーヤはせせら笑いながらピョートルに視線を投げる。さすがに本人は元妻と現妻の言い争いに疲れたように重いため息を落としている。

いよいよヒステリーを起こしかけている英里をどうしようかと周りも持て余していると、「マーマ！」と慌てた様子で一人の女性が駆け寄ってきた。

彼女を見たとき、映の頭には真っ先に『妖精《ようせい》』という言葉が浮かんだ。

亜麻色の長い髪。ミルク色の肌にバラ色の頬《ほお》。瞳《ひとみ》はグリーンともグレーとも取れるような神秘的な色合いで、何よりその華奢《きゃしゃ》な体の手足の細長く美しいのは、服を着た上からでも見て取れる。

そしてその柔らかな顔立ちからして、彼女がロシアと日本の血を持った英里の娘であることは確実だろう。丁度半分ずつミックスされたような、甘く神秘的な造形だ。

（そうだ、あの子だ……うちに来たのは一度くらいだったかな……）

小さい頃はもっと髪の毛が金髪に近く、バルと同じく天使のようだったのを覚えている。ゾーヤと結婚してからバルを連れてやってきていたのが頻繁だったのでそれ以前の妻子の記憶が曖昧だが、彼女の透明感だけは印象に残っていた。

「マーマ、一体ここで何してるの」

「決まっているでしょう、マリヤ。私たちの宝物を取り戻しに来たのよ」

「そんなの……今じゃなくていいわ。ね、皆驚いているでしょ。パーパの顔に泥を塗ってはダメ」

帰りましょう、と娘に促され、英里は少し落ち着きを取り戻し、渋々頷いた。

娘のマリヤは目線でピョートルやゾーヤ、他のゲストたちに詫《わ》びながら、母の背を支え広間から出てゆく。

しばらくして、広間には元の賑やかさが戻った。

「とんだサプライズだったな、ピョートル！」

「素晴らしいアートには様々な逸話がつきものだ。複数の持ち主の間を渡り歩いているものなら尚更《なおさら》ね」

「本当にお前の側にいると退屈しないよ！」

親しい人々はこういった修羅場に半ば慣れっこになっているらしく、皆笑って流し、すぐ次の話題に移っていく。

映は先程のやり取りをあらかたバルに教えてもらい、なるほどと頷いた。

「じゃあ、あの掛け軸は元々前の奥さんの家にあったものだったんだ」

「うん、そうだよ。あまり巷《ちまた》に出回っていない画家の作品で、マニア垂涎《すいぜん》の一品だって聞いたな」

「へえ、あれが……」

　映は思わずその掛け軸に近づいてためつすがめつ眺めてみる。鶴《つる》と亀《かめ》、そして松が描かれており、めでたいものがこれでもかと詰め込まれている。落款《らっかん》は見たことのないものだ。

　マニアの間では有名なのだろうが、正直映は他の画家にさほど興味がなく、画風を参考にすることもなかったので、メジャーなものしかわからない。それでも、確かにこの掛け軸には妙に惹《ひ》きつけられるものがある。

「あの英里さんという人の家にこんなものがあったなら、家族の誰かもマニアだったってことなのかな」

「父さんは、元々英里さんの父親と趣味で意気投合したらしいんだ。英里さんはバレエでモスクワに留学して、それでそのままバレエダンサーとしてずっと日本には帰らなかったんだけど、その前の奥さんと別れる少し前から彼女と付き合って、父親とも趣味で仲よくなって、それで結婚までしたみたい」

　前の妻との結婚期間と次の妻と付き合い出した時期がかぶっていることさえ知っているということは、当事者かそれを知る他の誰かがバルに教えたということだ。しかし父親の前の妻の事情など知りたくもないのが普通だと思うが、これだけ詳しく、しかもあっけらかんと喋《しゃべ》っていることに内心戸惑う。

「そっか……さっき彼女を連れていった子が娘さんのマリヤだろ？」

「ああ、そうだよ。母親がバレエ教室をやってるから最初そこで学んで、才能が開花して今はモスクワで最も有名なバレリーナの一人だ」

「そうなんだ。すごく綺麗な子だったよな。妖精みたいだと思った」

「そう？　映の方がずっと綺麗だと思うけど」

さり気なく肩を抱き、まるで口説き文句のようにサラリとお世辞を言う。

（まさかこの歳《とし》になっても俺の性別錯覚してるわけじゃねぇだろうしな……日本人だから同性愛も別腹って感じなのか？）

バルの映への態度は異性に対するものと変わりない。荷物は持つわエスコートするわレディファーストはバッチリだわ、これで自分が女ならこれほどのイケメンに恭《うやうや》しく接されて恋に落ちないわけがない。

再会した当初からそうだったので、雪也もひどく気を揉《も》んだのだ。映も正直バルの真意はわからない。

「えっと……バルはじゃあどういう子が好みなの。彼女いるって聞いたけど？」

「好み？　うーん……俺、すごく単純だよ。ホットな子がいい。セクシーで、グラマーで」

「ああ、そういうの……」

それなら痩せ細ったマリヤのようなタイプには、あまり魅力は感じないだろう。グラマーなはずのない映など問題外だ。

「彼女は今日のパーティーには呼んでないのか」

「まさか！　だって今日は映の歓迎会だもの。ガールフレンドなんか呼んだら邪魔じゃないか」

「えっ。そ、そんなことないぞ。バルの彼女だったら俺も紹介して欲しいし」

「そう……？　でも、映と話す時間が減るのは嫌だ。映がいる間は映を最優先する」

バルは彼女に対してさほど情熱を抱いていないようだ、と思えてしまうくらいの冷淡さである。常にガールフレンドはいるという話だったので、そもそも一人一人に対する執着が薄いのかもしれない。

しかし映の方を優先するも何も、彼女と客人はまったく別口のはずなのだがどうなのだろうか。しかも、映がいる間はと言っているが、下手をすれば一ヵ月以上の滞在になりそうだというのに、その間ずっと彼女は放っておくつもりなのか。

色々と問い詰めたくなってしまうが、そもそも映はそこに口を出せるような立場ではない。昔からの間柄とはいえ、今の関係は画家とクライアントの息子なのだから。

＊＊＊

「いや、もう、散々でしたよ……」

パーティーがお開きとなり、ゾーヤから解放された雪也は離れの部屋でぐったりとしている。

「ものすごく積極的でまったく放してくれませんでした。お陰で彼女の生い立ちからピョートルとの出会いまで、すべて学んでしまいましたよ……」

「お疲れ。あんたがずっと捕まってんだから、相当だと思ってたよ」

和風の家らしく緑茶や玄米茶なども揃《そろ》っていたので、有田焼《ありたやき》の湯呑《ゆの》みに注いで雪也に差し出す。雪也は心底疲弊した様子で緑茶を口に含みながら盛大にため息をついた。

「ゾーヤに捕まってからは他の誰とも話せませんでした。パーティーが始まる前くらいはピョートルとアートの話をしたり、ちらほらやってきた客人たちと会話ができたんですが、さて映さんを呼びに行こうかと思ったところで捕獲されたんです」

「捕獲……まあ確かに珍しく雪也が捕食される側に見えたな……ロシア美女の積極性すごいわ」

「今のロシアは女性が強いそうですよ。若い男が年上の女にタカって遊ぶようなのが流行《はや》ってるんだとか。そういう男を『アルフォンソ』と呼ぶようです」

「アルフォンソ……？　何かフランス人みたいな名前だな。何で？　要するにヒモってことだよな？」

「ええ、そのようです。ロシアですからね、そういう男はフランス人みたいな名前で呼んで皮肉ってるんじゃないですか」

その辺りは複雑な国同士の関係やイメージなどが影響していそうだ。日本では遊んでいる男は何人かといえば、イタリアやスペイン辺りを連想しがちだが、それがロシアではフランスということなのだろうか。

「それにしても……すごい修羅場でしたね……」

「ほんとだよ！　いや、四人も奥さんがいれば絶対確執とかはあると思ってたけど、まさかこんな昼ドラみたいに襲撃されるとは思わなかったよ……」

「ゾーヤも妙に好戦的でしたし……普段からあんな風に言い争ってるんでしょうか」

「さあ……しかし平然としてたピョートルもほんっと……肝が据わってるというか鈍感というか……」

「そのくらいの神経じゃないと、四度も結婚はしないでしょう。俺には理解できません」

あまりに日常とかけ離れた価値観の登場人物ばかりだったので、こうして雪也と話しているとホッとする。ロシア語の激しい言い争いをぶちかまされたせいもあるだろうが、日本語の響きは何と優しく穏やかなことか、と感じ入りながら緑茶を飲む。

「それにしてもさ。雪也、あの掛け軸見たか？」

「ええ、見ました。あれが今夜の主役でしたね」

「俺、ちょっと作者のことわかんなかった。でもマニアには有名な作品らしいな」

雪也は少し首を傾《かし》げて考える。

「まあ、有名というか……作者は数点描いて夭逝《ようせい》した男爵の青年なので、希少価値といいますか。レアなものを手元に所持していることに誇りを持つんですよ。コレクターというのは」

「ああ……そういえば俺の絵も少なくて値段が跳ね上がってるから、頼むからまた描き始めてくれとか言われたな」

「何ですか、それは。図々《ずうずう》しい人ですね……そんな気軽に夏川映に絵を描けと言うだなんて……」

雪也の目が不穏な光を孕《はら》む。こと映の絵に関しては雪也もオタク気質が丸出しになるので、見ていて少し面白い。

「雪也はずっとゾーヤに捕まってて疲れたかもしれないけどさ、色んな人と喋った俺は俺で疲れたよ。ピョートルの子どもらが結構来てたから、それをバルに紹介されてさ」

「ああ……見てましたよ。あれはバル君の兄弟たちだったんですか」

「そうなんだ。もう名前がさぁ、覚えらんねえの。ロシアの名前覚えづらくないか」

わかります、と雪也は頷く。

「あと、愛称が結構難解なんですよね。アレクサンドルがサーシャだとか、アナスタシアがナーシャだとか……あと同じ名字でも男と女で変わるんですよね」

「あ～、そうなんだよ。だから愛称で呼ばれると途端に誰のことだかわからなくなる。ヴァレリーのバルは全然わかりやすい方だよな」

今日一日だけの情報量とは思えないほど、様々な事態に出くわした二人の話は尽きない。どちらもロシアは初めてだが、最初の来訪で大分濃い家庭の中に投げ込まれてしまった。これからまた、妻たちの第二第三の来襲があったらと思うと恐ろしい。

「で、どうなんです、襖絵の方は。今日は構想を練っていたんですか」

「うん、そんなとこ。雪也、あんた何だかんだでここにいるけど、日本にいなくて大丈夫なのか？　いつまでかかるかわかんねぇけど、多分一ヵ月くらいはかかるかも」

「ああ……平気ですよ。知ってるでしょ、いつもラップトップで仕事してるって。まあ、どうしても日本にいなくちゃいけない案件があったら、そのときだけ帰ります」

意地でも映の側を離れるつもりはないらしい。わかっていたけれど、一応聞いてみた。

「作業はどんな風に進めるんですか」

「襖絵は一発勝負だから下絵が重要になる。しばらくはアイディア出しかな」

「ピョートルはあなたが描くならば何でもいいと言いそうですけどね」

「ああ、実際そう言ってたよ。だけど、今日みたいな修羅場が日常茶飯事なら、日本風の離れを造るのもわかる気がするよな。現実から距離を置ける場所を造りたいっていうかさ」

「確かに、そういう理由もあるのかもしれませんね」

となると、勇壮で猛々《たけだけ》しい絵というよりは、心安らぐような静けさを表現した方がいいのだろうか。

(そうすると花か？　襖は四枚分……四季の花を描き込むとか？)

または流水か。海、湖、森、動物——自由に描いていいと言われると却《かえ》って選択肢が増え過ぎて難易度が上がる。

考え込んでいると、横から顎《あご》をすくわれて不意打ちのように唇を奪われる。

「絵のことを真剣に考えているあなたは本当に美しいです」

間近からうっとりとした眼差《まなざ》しで見つめられて、映は苦笑する。

「で、その考えを邪魔しようってわけか」

「違いますよ。ただ考える前に体が動いてしまったんです」

何だそれ、と笑いながら雪也の首に腕を回す。

時間はまだたっぷりある。心も体も満たされていれば、よりよいものが生み出せるはずだろう。

そんな言い訳を考えつつ、今夜も映は思考を放棄して雪也の愛撫《あいぶ》に身を委《ゆだ》ねた。

＊＊＊

パーティーから数日後の朝食の席で、唐突にピョートルが「サンクトペテルブルクに行こう」と言い出した。

突然の提案に映がキョトンとしていると、バルが口を挟む。

「映、下絵が大事だって言っただろう？　今は構想を練ってる最中だって」

「うん。そうだけど……」

「それなら、サンクトペテルブルクのエルミタージュ美術館に連れていこうかって話してたんだ。もちろんそれだけじゃなくてエカテリーナ宮殿やペテルゴフや色んなものが見られるし。モスクワは少し殺風景だろ？　あっちに行ってみた方が映の創作の刺激になるかもしれないと思ってさ」

映は雪也と顔を見合わせる。わざわざそんなことを考えてくれていたとは驚いた。もちろんモスクワに滞在しているだけでも十分だし、ロシアの芸術を見て襖絵のアイディアが浮かぶかはわからないが、刺激という意味ではこれ以上ないものになりそうである。

「そりゃ嬉《うれ》しいよ。せっかくロシアに来たから、この仕事が終わった後にでも行こうかとは思ってたんだ。世界三大美術館のひとつは絶対訪れたかったし」

「それじゃ、本格的に描き始める前に、ぜひ行こう。その方が構想の助けにもなる。丁度私もあちらで用事があるんだ。グッドタイミングだろう?」

ピョートルはいかにもナイスアイディアだというようにウィンクしてみせる。彼のこういう愛嬌《あいきょう》のあるところが、いかにプライベートが修羅場まみれだろうが憎めない要因のひとつかもしれない。

「わかりました。いつ向かうんです?」

「今日だよ。すぐに準備して」

「え……サンクトペテルブルクへは列車ですか? 飛行機? もう押さえてあるんですか」

「いや、プライベートジェットだ」

サラリと富豪の発言をされて、ですよね、と頷くしかない。

そういうわけで急遽《きゅうきょ》モスクワからサンクトペテルブルクに移動することになった。あちらにあるピョートルの別邸で一泊する予定で、今回ゾーヤはついてこないという。バルはもちろんついてくる。

外に出るので洋服に着替えた映は、ジェット機の中で急遽行くことになったエルミタージュ美術館を慌てて調べている。元々行くつもりだったのでガイドブックのようなものも買っていた。ルーブルとメトロポリタンには行ったが、最後に残ったエルミタージュ美術館はほとんど今回のロシア行きの要《かなめ》と言っていいほど楽しみにしていたのだ。

「何それ、日本語のガイドブック？」

「そうだよ。一応下調べ用に買ってきてあった」

「日本人は真面目だなぁ。実際に行って見てみるだけで十分だと思うけど」

バルはどうやら映が黙々と読み物に集中していて、会話できないのが不満なようである。

「バルは何度も行ってるのか」

「何度もってわけじゃないけど、そうだね、数回は行ってるよ。海外の友達が来たときには、やっぱり皆行きたいって言うし」

本人はさほど芸術に興味がないと言っていた通り、自らの意思で繰り返し行っているわけではないようだ。

映同様に美術館を楽しみにしている雪也が興味深げに口を挟む。

「それじゃ、きっとバル君はいいガイドになりそうですね」

「そんなことないですよ。親父《おやじ》の方がずっと詳しいですもん」

「でも、何も知らない友達を連れていけば案内はするんでしょう？　かなり広いはずだし、一日じゃ見切れなさそうだ」

バルは首を傾げて少し考えている。

「まぁ……全部しっかり見てたらそりゃ時間かかりますけど。本当に色んなものがあるから、見たいところを選んでいけばいいと思う。エルミタージュは収蔵品は世界随一ですからね」

「確か建物自体も世界遺産だったよな」

「そうなんだ。美術品はもちろんだけど、建物の外観も内部の装飾も本当にすごいから、贅沢な時間を過ごせると思うよ」

やがてサンクトペテルブルクに到着し、早速美術館へ向かうと、広大な宮殿広場から臨むエルミタージュ美術館は、まさしくその存在そのものが芸術だった。

中に入ればバルの言った通りの豪華絢爛な宮殿装飾が素晴らしく、有名な大使の階段では白亜の壁に黄金の装飾が輝き、目も眩《くら》むような美しさである。

ピョートルはさすがに詳しく、ロマノフ王家の部屋を回りながら色々と講釈を垂れつつ案内してくれていたが、「こんなひとつひとつじっくり見ていたんじゃ全然進まない」と痺《しび》れを切らしたバルに追い払われてしまった。

「映、やっぱり絵画をいちばん見たいだろう。エルミタージュはまずイタリア美術がよく揃っているんだ。こっちはじっくり見てよ」

バルの言う通り、ラファエロ、ミケランジェロ、カラヴァッジョなど錚々《そうそう》たる芸術家たちの作品が並んでいる。

映は雪也と二人して夢中になって鑑賞した。今日は幸い観光客もさほど多くなく、静かにゆっくりと絵画を見て過ごすことができる。

「ダ・ヴィンチの『ブノワの聖母』……」

「ダ・ヴィンチの少ない作品をよく集めたよな……」

「この聖母、赤ん坊の世話をしていたときの映さんを思い出しますね……」

感動に浸っていた映を雪也の余計な一言が唐突に俗っぽい浮き世に連れ戻す。そういえばあのとき雪也は恍惚《こうこつ》として映を聖母だなんだと言っていた。

当の雪也は映の気を散らすつもりなどなく、純粋に美しい思い出とともに芸術を楽しんでいるらしい。

微妙な気持ちになりながらも歩みを進めると、オランダなどの絵画の集められた空間にやってくる。

「ここはレンブラントの間だ。俺、レンブラントは結構好きなんだ。光と影がはっきりしてて、見てるとすごく神秘的な気持ちになる」

「うん……俺も好きだよ。バルの言ってることわかる」

バルはレンブラントが好みらしく、目を輝かせて絵画を見つめている。

レンブラント自身波乱万丈の生涯を送った画家だが、その絵画もドラマティックで、様々な物語を鮮やかに浮かび上がらせる。レンブラントのコレクションも、映が楽しみにしていたもののひとつだ。

熱心に鑑賞していると、再び雪也が映に語りかける。

「ほら、映さん。レンブラントの『放蕩《ほうとう》息子の帰還』ですよ」

「うん……もしかして俺のことって言いたいの」

「タイトルがあまりにも似合ってましたので」

「……俺こんなボロボロで帰ってないもん」

「しかも男を連れて帰りましたしね。まあしかし見てくださいこの慈悲深い父親の顔……映さんの家族も本当に寛容ですよね」

何だか雪也と一緒にいると純粋に芸術を楽しめない気がする。さっきから芸術とは程遠い現実に引き戻されてばかりだ。

見ているだけでも十分刺激にはなるが、少し余計なものを頭から抜いた状態で味わいたい映は、とうとうバルたちに訴えた。

「あのさ、俺ちょっと一人でぶらぶらしていい？」

「え……映、一人で回りたいの？」

「うん、ちょっと……考え事しながら見たいからさ」

バルと雪也は顔を見合わせ、なるほどと頷く。

「もちろんいいよ。映のためにここへ来たんだから」

「じゃあ、集合時間を決めましょうか」

「うん、ありがとう。ごめんな、ワガママ言って」

もっと早くに言えばよかったと少々後悔しながら、映はようやく自由の身になった。これで思う存分アートの世界に浸ることができる。

フランス美術の空間にやってきて、映はとある絵画の前で足を止めた。

フラゴナール『盗まれた接吻《せっぷん》』。

寝室でしどけない格好の気怠《けだる》げな貴族の女性に、男性が接吻しているという秘密の情事を盗み見たかのような場面。

（フランス革命前の貴族の退廃的なロマンスだ……栄華を極めモラルは荒廃し不倫など日常茶飯事だった爛《ただ》れた世界……キスをされている女性は男性の方ではなく別の方向を見ている……他にも愛人がいるという暗喩《あんゆ》かな。多くの愛人を持った女帝エカテリーナ二世もフランス美術はお気に入りだったらしい……）

絵画鑑賞の楽しみのひとつは、それが描かれた歴史的背景などに思いを馳《は》せることで、額の中に収められた世界が途方もなく広がっていくことだ。その絵画の美しさ、構成、当時の流行りの手法など、筆の跡も生々しく残るキャンバスに肉薄すればその時代の息遣いが聞こえてくるようだ。

(俺は何を描けばいい？　ロシアに生まれた日本建築の襖に、夏川映が描いたという自己主張はいらない。和の美はありのままの形に沿うことだろうか。西洋のようにすべてを画一的に整えるのではなく、その環境を活《い》かしたままの美を創《つく》り出《だ》す……いや、ピョートルが欲しているものを描くのが第一だ。しかし彼は自由にやれと言う……でも必ず『正解』は存在するはずなんだ)

考えに没頭し始めると周りにほとんど意識が向かなくなり、さざめくようなロシア語や他の言語も聞こえなくなる。

けれどふいに、思いがけない近さで言葉を投げかけられ、映は瞬時に我に返った。

「綺麗ですね。この絵も、あなたも」

日本語だ。

驚いて振り向くと、背後にいた人物に、時が止まった。

(そんなはずない……夢か？　俺立ったまま寝てる？　いや、そんな器用な真似《まね》できねぇ)

ということは、これは紛れもない現実だ。しかしまるで現実味のない状況である。いるはずのない人物が、有り得ない場所にいる。

「あ……あなたは……」

「どうも。お久しぶりです、夏川さん」

日永《ひなが》——元白松組《しらまつぐみ》本部長だった男。

組織を裏切り、雪也の弟の龍二《りゅうじ》を襲撃させ、様々な画策をして雪也を白松組に連れ戻そうとしていた男。

「な、何で……何であなたがここに」

「ご存じでしょう。私は芸術が好きなんです。この偉大な美術館に私がいるのは類《たぐ》い稀《まれ》なる作品の数々を楽しむため。それしかありません」

「ち、違う……どうしてあなたがこんな、ロシアにまで来ているんですかと聞いているんです」

洗練された服装、穏やかな言葉遣い。彼を見て日本のヤクザだと思う人間はいないだろう。その余裕のある立ち振る舞いや上等な衣服は豊かな生活を思わせ、知性の滲《にじ》む微笑みは育ちのよさを想像させる。

しかし、彼は裏社会の人間だ。父を抗争で失い、ヤクザの世界の残酷さを憎悪し成長した、冷たい策略家だ。

「龍一《りゅういち》に何も聞いていないんですか？　私のことを」

「え……？　あなたのこと、って……」

「私について、龍一は何も話さなかったんですか」

とんでもない人物とロシアで出会い、混乱している映に、日永は優しく語りかける。

「あなたのことは……過去の話なら、そりゃ、少しは」

「ふむ、そうですか……まあ、いいです。私が言いたいのは、私がロシアにいたとしても、何らふしぎはないということですよ。日本にいづらくなった今では尚更、ね」

一体どういうことなのか。日永は何が言いたいのか。

あまりに突然降って湧《わ》いた事態に、映はどうしたらいいのかわからない。

「まあ、せっかくこんな素晴らしい場所にいるのですから、お互い野暮なことは言わないでおきましょうよ。私は懐かしくて声をかけましたが、ここは芸術を楽しむための場所なんですから」

「……何かまた企《たくら》んでいるんですか」

「いやいや、まさか……まあ、龍一によろしくお伝えください。どうせ一緒に来ているんでしょう?」

一体どこからどこまでが真実なのだろうか。日永はいつから映がロシアに来ることを把握していたのか。

この広大な国で、偶然同じ時間、同じ場所にい合わせるとは到底思えない。確実に映と話すタイミングを窺《うかが》っていたのだ。一体なぜなのか。

そのとき団体客がガイドとともにぞろぞろとやってきて、その人混《ひとご》みに紛れ、日永はあっという間に見えなくなった。

「あっ……。ち、ちょっと……！」

慌てて追いかけようと人々を掻《か》き分《わ》けて進むが、開けた場所に出たときには、すでにあの男の姿は見えなくなっていた。

（何だってんだよ……ロシアに来てまでトラブル背負い込むなんて、ごめんだぞ……）

ただでさえピョートルの周りは昼ドラ修羅場劇場なのだ。そこに因縁のヤクザなど現れては、もうしっちゃかめっちゃかで襖絵どころではなくなってしまう。

日永の登場により美術を楽しむ心の余裕などなくなってしまった映は、ふらふらと館内を見回った後、早めの時間に待ち合わせ場所のカフェに向かった。

少ししてやってきた雪也は、すでに席に着いている映を認めて、ホッとした様子で片手を軽く上げた。

「ああ……よかった。早かったんですね。もし時間通りに映さんが来なかったらどうしようかと思いました」

「何でだよ。一応俺でも約束は守るぞ。バルはどうした？　ピョートルは？」

「彼らは時間きっちりに来ると思いますよ。今、まだ二十分くらい早いでしょう。俺は少し先に行って映さんを待っていようと思ったんです。あなたはトラブル体質だから、またおかしなことに巻き込まれたら困ると思って」

隣の席に座った雪也に椅子ごと近づき、映は少し周りを見回して、声を潜めた。

「おかしなこと……あったぞ」

「え？　何ですか。また何か変な事件が……？」

「日永さんだ」

その名前を口にした途端、雪也の表情が凍りつく。

信じられないという目で映を見つめ、しばらく何も言えず黙り込む。もしかすると映が「冗談だ」と言うのを待っているのかもしれない。

「わかるよ。有り得ないだろ。俺もそう思った。でも、実際いたんだよ」

「一体、どういうことなんです……あの人がここに来てたってことですか」

「そうだ」

雪也は突然立ち上がる。映は反射的にその腕を掴《つか》んだ。

「もういないよ、今から探したってダメだ、多分……会ったのは一時間くらい前だ。とっくに館外に出てる」

雪也は唇を嚙《か》み、肺の中の空気すべてを吐き出すようなため息をついた。そして、ちょっと飲み物を買ってきますと言って席を離れる。

あまりに意外な、そして異常な事態に、雪也も咄嗟《とっさ》にどうすればいいのかわからなくなったのだろう。その胸の内を想像して、映は苦しくなった。

雪也がまだ実家の白松組にいたとき、最も信頼し、そして最も影響を受けた相手が日永だった。環境に嫌気が差して家を出ようとしたときも、雪也の背中を押してくれたのは彼だった。

雪也は日永がいちばん自分を理解してくれていると思っていただろう。その実、雪也自身は日永が何を考え、何を見ているのか、知ることはできなかった。

誰にも心の内を見せない、用心深い男だった。そのどこか厭世《えんせい》的な雰囲気に、雪也は憧《あこが》れてもいたのだろう。

湯気の立つコーヒーを手に戻ってきた後、映は日永と出会った経緯を説明した。

「あんたたちと別れて、多分三十分くらい経《た》った頃かな。フランス美術の場所でフラゴナールの絵画を見てた。そしたら、いきなり話しかけられたんだ」

「彼はどんな格好をしていたんです？　いつも通りですか」

「ああ、いつも通りだよ。相変わらずヤクザには見えない。グレーのジャケットにピンクのワイシャツ、モスグリーンのアスコットタイ、ピカピカの革靴」

「それは確かにいつもの日永さんですね。元気そうでしたか」

「元気だと思うぜ、普通にな。何でこんなところにいるんだって言っても適当にはぐらかされた。だけど、自分がロシアにいることは特に不自然じゃないみてぇなこと言ってたけど……雪也、心当たりあるのか」

雪也は眉根《まゆね》を寄せ首を傾げていたが、ふいに「ああ」とどこか拍子抜けしたような顔で頷く。

「そういえば……ロシアと繋がりはありますね。日永さんは母方の祖父がロシアの方だったと思います」

「え……マジで？」

意外なルーツに映は目を丸くする。

日永の顔貌はロシアの血が入っているようには見えない。肌の色も白くはないし、顔も端正な和風顔だ。目の色も髪の色も黒だった。

「全然そんな風に見えねぇな……確かに彫りは少し深いかもしんねぇけど、それであの人がクォーターって思う人いないだろ。阿部寛《あべひろし》くらい濃くないと」

「まあ、ハーフでもほとんど片方の国の血筋にしか見えない人も結構いますからね。四分の一にまで薄まれば、あまり見た目でわからない人も多いでしょう」

「けど、そっか……それなら、じいちゃんの方の親戚《しんせき》を頼ってロシアに来たってことなのかな……」

「その可能性はありますね。親戚関係かどうかはわかりませんが、少なくともロシアにツテはあるようです。日本にいるよりは安全だと思ったんじゃないですか」

雪也の言葉に、はたと違和感を覚える。

現在家を出ているとはいえ、雪也はれっきとした白松組の関係者だ。若頭の双子の兄という立場である。

もしも白松組の構成員に見つかれば日永は間違いなく捕らえられ、制裁を受ける。組そのものを裏切り若頭の襲撃までしたのである。恐らく命はない。にもかかわらず、日永は映に『龍一によろしく』と言ったのだ。なぜ自ら居場所を明かすような行動に及んだのだろうか。そんなことをしなければ、日永がロシアにいることを知る者はいなかったというのに。

映と同じことを雪也も考えているようで、表情はみるみるうちに険しくなってくる。

「調べる必要がありそうです。一体ロシアで何を企んでいるのか気になりますし……」

「それにしても、考えれば考えるほど妙だ。俺たちはずっとモスクワにいて、サンクトペテルブルクに来たのはピョートルの思いつきだろ。それまで誰も知らなかったことだ。それなのに、あの人は俺たちがここに移動して、エルミタージュ美術館にやってくることを把握していた……」

「しかも自家用ジェット機です。飛行機や特急列車のように時刻も前もってわからないはずで……。はぁ……嫌な感じだな。どういう情報網なんだ」

「多分だけど……一人で動いてるってわけじゃなさそうだよな」

空気が重くなる。優雅な美術鑑賞のはずがとんでもないことになった。

日永は雪也を白松組の次期組長に据えるためにとんでもない計画を立て、それを実行に移した男だ。そんな人物が簡単に自分の目的を諦《あきら》めるとは思えないし、今も何か企んでいる可能性が高い。そしてあえて映に声をかけてきたということは、その新たな計画がスタートしたということではないのか。

「ことがことですから、とりあえず実家に連絡します。ロシアとも繋がりがあるはずですからそちらのツテと、あと俺の仕事のネットワークも使って、とにかく急いで色々調べてみますよ」

「うん……何かわかればいいけど……」

「絶対に何か掴みます。手をこまねいていたらこっちがやられますからね」

すでに雪也は戦闘モードに入っている。目つきがカタギのそれではなくなり普通に怖い。

約束の時間より少し遅れてやってきたピョートル親子が少し引くほど、雪也のピリピリしたオーラは鋭さを増していた。「喧嘩《けんか》でもしたの」とバルに聞かれたほどである。

カフェで少し休んだ後、四人はエルミタージュ美術館を後にした。レストランで夕食をとった後、サンクトペテルブルクの別宅に移動する。

ところが家の主であるピョートルはレストランを出た後、一人別行動でタクシーを呼びどこかに消えてしまった。

「あれ？　ピョートルは一緒に帰らないのか」

「ああ、うん。こっちの愛人のところに行ったんだろ」

「へえー。……ええ？」

　こっちの、ということは、もしかすると各都市に愛人がいるのだろうか。来年還暦を迎えようとしている男が、何とも精力的なことである。

　しかもやはりバルはあっさりと答え、何も気にしていない様子だ。もう慣れ切ってしまっているのか。この家族の個々の自由度の高さには本当に驚く。かつて交流していたときには感じなかった特異な環境に映は何とも複雑な思いだ。

　サンクトペテルブルクの別邸も広々として豪勢なお屋敷である。当然複数あるゲストルームをひと部屋ずつ割り当てられ、バルも隣の部屋だったので、その夜は雪也とはやむなく別々の部屋で眠ることにした。

（雪也……ちゃんと眠れてるかな）

　そう思うのは、自分の目が冴《さ》えてしまっているからだろうか。長距離を移動した上にショッキングな出来事もあり、その夜はなかなか寝つけなかった。

＊＊＊

翌日、朝食の席で教会や宮殿を見に行こうかと話していると、朝帰りのピョートルが血相を変えて室内に飛び込んでくる。

和やかな食事の時間を乱されたバルは、不機嫌さを隠さず顔をしかめた。

「父さん、何だよ騒がしいな、朝っぱらから」

「すまない……今すぐ帰らないといけなくなった」

ただ事ではないその空気に、映と雪也は顔を見合わせる。

「えっと……何かあったんですか」

「どうやらモスクワのあの別荘に泥棒が入ったらしい」

「泥棒……!?」

突然物騒な言葉が飛び出し、バルは青くなって立ち上がる。

「どういうことだよ……母さんは大丈夫なの？」

「ああ……ゾーヤも留守の間に入ったようだ。誰もいなくてつまらないと昨夜は友人の家に泊まっていたらしい。泥棒が入ったとき家にはスタッフしかいなかったようだ」

バルは安堵《あんど》して脱力する。

「じゃあ、家の人間がほぼいなくなったところで入りやがったのか。けが人は？」

「いないと聞いている。誰も気づかず、朝になって賊が入ったことがわかって今大騒ぎらしい。とにかく、すぐにモスクワに戻る。映、龍一、すまないな。急なことで」

「いや、とんでもない……被害が大きくないことを祈ります」

朝食も食べ切らぬうちに、皆でバタバタと準備をしてサンクトペテルブルクを後にする。

映も雪也もピョートルたちの手前何も言わなかったが、この事件に昨日会ったばかりのあの男が関与しているのではないかという疑念を抱いていた。それには自分たちが滞在しているせいで狙《ねら》われたのかもしれないという後ろめたさも含んでいる。

しかし、映をロシアに呼んだのはピョートル自身だ。何の非もないとはいえ、隠し事をしている苦しさは大きかった。

(やっぱ……あの人なのかな)

(まだわかりません。でも、可能性はある)

移動の最中、小声で言葉を交わす。まさかこれほど早く事態が動くとは予想していなかったが、これもあの男の計画の一部なのではないか。

プライベートジェットの中では、さすがに皆ほとんど無言だった。

モスクワの別荘に戻ると、中は現場を調べる警察と右往左往する住み込みのスタッフの人々で物々しい空気である。そしてゾーヤがピョートルとバルを見つけると、泣きそうな顔で走り寄ってきた。

「ああ、ピョートル、バル……!」

「母さん、無事だったんだよね。よかった……」

「お前が外に出ていて安心した。しかし、一体何を盗まれたんだ」

「警察に話を聞いて。多分、あなたにとってよくない報《しら》せよ……」

家族三人は抱き合い、互いを労《いたわ》り合《あ》っている。ふしぎなことに、こんな事件があったことで、初めて彼らの情愛を垣間見《かいまみ》たように思う映である。これまで家族に無関心としか思えないような場面ばかり見てきたせいだろうか。

「ああ……そんな……。やられた……！」

警察と話をし、ピョートルは天を仰いで呻《うめ》いた。

被害にあった場所は明確だった。ピョートルのコレクションを集めた部屋にあったものが、いくつか消えていたのである。そして、広間の掛け軸もなくなっていた。

この邸宅にはしっかりとしたセキュリティ対策が施されていたが、それが巧みに解除され、非常に短い時間で目当てのものを盗み撤退したということだった。防犯カメラには覆面の男たちが数人映っているだけで大した手がかりにはならない。家にいたはずの人々も真夜中で眠っており、まったく気づかなかったほどスムーズで静かな犯行だったという。

警察ははっきりと「これはプロの手口です」と言った。

慌ただしく調査が終わり警察が帰っていくと、憤懣《ふんまん》やるかたない顔でピョートルが舌打ちをする。

「こんなにあっさりとセキュリティが役立たずになるとは……うちのシステムを知っているとしか思えん。まさか、あいつじゃないだろうな……」

「ピョートル、心当たりがあるんですか」

「そりゃそうだ。英里だよ！　パーティーの夜、映も会っただろう」

まさかの推理に、映は目を丸くする。しかしピョートルは半ば確信しているような強い調子で語気を荒らげる。

「あのコレクションルームの中でも価値のあるものばかりが持っていかれたが、広間にある掛け軸までとは！　あれは相当なマニアか英里しか欲しがる種類のものじゃない。だからもしかするとあの掛け軸が本当の目的で、他の美術品はそれを曖昧にする隠《かく》れ蓑《みの》だったんじゃないか」

「けど、これは恐らくプロの犯行でしょう？　英里さんは一般人じゃないですか」

「それが、彼女はこのところ悪い連中と付き合っているという噂《うわさ》があるんだ。私だって一度は結婚した女性を疑いたくはないが……」

確かにあのときここに乗り込んできた英里の気迫には凄《すさ》まじいものがあったが、それでもまさか、プロを雇ってまで掛け軸を盗み出そうとするだろうか。

しかしここで英里をかばうために日永の話を持ち出すわけにもいかない。映は雪也とともにことの成り行きを見守るしかなかった。

悄然《しょうぜん》とするピョートルとは反対に、盗まれたものが美術品だけと知ったバルは元の陽気さを取り戻す。

「何か美術品だけ狙うなんて物語の怪盗みたいだよね。日本にはそういうアニメたくさんありそう」

「うん、そうかもな。ていうかロシアで日本のアニメとか知られてんの？」

「何言ってんの、もちろんだよ！　名前忘れたけど、月とか火星とかの女の子の戦士もの、昔相当流行《はや》って女の子は皆夢中だったらしいよ」

「へえ……何か意外。ロシア人はそういうの興味ないかと思ってた」

「まあ、アニメとか漫画は子どものものっていう感覚だけどね。日本は大人でもアニメを見るんだろ？」

「ああ。普通に見るんじゃない？　俺はあんまり興味ないけど。でも西欧ではそういういわゆる『オタク』文化は大体子どもだけのものだろうなぁ」

ピョートルは怒り心頭で、しばらくはセキュリティを強化し見張り役をつけることにしたらしく、次々と手配を始めている。

そしてふいに思い出したように雪也を振り向き、手招きした。

「ああ、そうだ、龍一。今度のマンションの件で相談がある」

「ん……、うちのデザイナーと確認中の件ですか」

「違うんだ、もちろんそのことも関係するんだが……」

雪也とピョートルがビジネスの話を始めたタイミングで、バルが「あっ」と思い出したように声を上げた。

「まさか……あれは盗《と》られてないよな……」

「ん？　どうした、バル。何か不安なことでもあるのか」

「映、ちょっと来て」

バルに手を引かれ、階段の方へ向かう。振り向いて雪也と視線を合わせるが、怪訝《けげん》な表情をしつつも、一応頷いてくれる。

妙な疑いをかけられる前に戻らないと後が怖い。そんなことを考えていると、バルは二階の奥の部屋に入った。デスク、テレビ、ベッド、本棚などがある。恐らくバルの部屋だろう。

バルは棚の一角に立てかけられた額を見て、ホッと息をついた。

「ああ……よかった。もし盗まれていたらどうしようかと思った」

「あれが盗まれたんじゃないかと心配してたのか」

「そうだよ！　俺の宝物なんだから」

Ａ３ほどのサイズの紙には天使のような男の子が笑顔でスイカを頰張っている光景が水彩で描かれている。

バルが本宅にあると言っていた絵だ。映が唯一バルを描いた絵である。

(そう、こういう顔してた。まん丸のほっぺたで、大きな青い目をキラキラさせて、太陽みたいな金髪をサラサラなびかせて……こんなのが映、映ってくっついてくるんだから、そりゃキスのひとつくらいするよなぁ)

過去の自分の絵を見ることで、そのときの思い出が鮮やかに蘇《よみがえ》ってくる。

バルがあまりにスイカが美味《おい》しいと言うので、ロシアにはスイカがないのかと思っていた。実際は、夏のロシア人ほどスイカを愛する者はいないのではないかと思うくらい、夏場のロシアはスイカであふれている。

大体のロシア人はダーチャと呼ばれる別荘を持ち、夏場はそこで過ごすのだ。彼らの夏はダーチャでの田舎の生活、田畑での仕事、バーベキュー、そしてスイカだ。ピョートルのようにいくつもの邸宅を持つ富豪でなくとも、そういった季節によって住む場所を変えることが一般的な風習はなかなか素敵だと思ったのを覚えている。

「映、久しぶりに見た感想はどう？　昔のことを思い出した？」

「ああ。バル、ちっちゃかったよな。本当に天使みたいだったよ」

「八年前だもん、そりゃ小さいよ。それとも、大きくなった俺は嫌い？」

はたとバルを見上げると、思ったより近くにその彫刻のように整った顔がある。

(もしかして、これはまずいのでは？)

今更ちょっとアブナイ雰囲気に気づき、映は何とか茶化そうとする。

「嫌いじゃないけど、びっくりしたよ。日本で十八っていったら、まあ言ってみれば俺くらいの感じだし、それ想像してたからひっくり返りそうになった。昔の十倍くらい大きくなっちまってさぁ」

「十倍は言い過ぎだろ。でも、そのくらい大きく見えたんだね。俺も昔の記憶しかないから、空港で映を見つけたとき、こんなに小さかったんだって驚いた……」

ふわりと包み込むように右手で後頭部を撫《な》でられる。左手はナチュラルに腰に回されており、非常によくない状況だ。バルは完全にスイッチが入っており目が潤み頬も紅潮し恍惚としている。

「ロシアにも日本人はいるし、他にアジア人の友達もいる。見慣れてないってわけじゃないんだ。それでも、映はやっぱり特別だった。こうして実際に顔を見るまで、ヒゲがもじゃもじゃのおじさんになってたらどうしようとか、色々と考えたよ。だって昔の俺が見てた映は、卵みたいにツルツルの肌で、女の子みたいに華奢で、吸い込まれそうな真っ黒な目で、夜みたいな髪はツヤツヤで本当に綺麗で……だからお嫁さんにしたいって思ったんだ。俺の初恋だったんだ」

「え、えっと……一応確認するけど、バル、俺が男だってわかってるよな……？」

「当たり前だろ。子どもの頃から知ってたよ」

映の困惑を意に介さず、サラリと答える。

「まあ、昔はね。男だ女だってよくわかってないし、映をお嫁さんにできるって本当に思ってた。今は違うってわかってるよ。でも、俺は随分大人になったのに、映は全然変わらない。相変わらず綺麗で、可愛くて、子猫みたいだ。甘いいい匂《にお》いがする。子どもの頃から思ってた。映はスイカの匂いがする。甘くてみずみずしい、果実の香りだって」

甘い甘いと数多《あまた》の男に言われたが、スイカの匂いと言われたのはさすがに初めてだ。あれほど美味しそうに食べていたスイカの匂いがするとなると、自分はバルの大好物ではないか。これはまずい。食べられてしまう。

「いやいや、待って、バル。何かこう、アレな空気なんだけど、バルには彼女がいるんだよな？　ホットでセクシーでグラマーなガールフレンドがさ。そんなのに比べたら俺なんてガリガリだしペラペラだしスカスカだしまったくもってつまんない体だよ？」

「うん、でも、関係なくない？　ガールフレンドってただのフレンドだもん。でも映はフレンドじゃないよ。もっと特別な存在だ。他の誰を見ても、映を見るときと同じ気持ちにならないんだ。子どもの頃からの気持ち、俺は全然変わってないよ。映は俺の初恋だった。今まで他の誰かにそんな想《おも》いを抱いたことはない」

そんな気はしていたが、バルにとってガールフレンドは単なる性欲処理の相手以上でも以下でもないらしい。そんな風に思い入れも何もないから、とっかえひっかえできるのだろう。この見た目と親の財力があるのだから、大半の女の子は思いのままだ。

「キスだって鮮やかに覚えてる。俺がキスしてってワガママを言ったら、映は軽くしてくれたよね。あれが俺にとってのファーストキス……。パーパやマーマにされるキスとは違う、唇への特別なキスだ。この絵と同じくらいの、俺が映から貰《もら》った宝物なんだ」

「あ、あれはキスのうちに入らないんじゃない？　だってほら、子どもの頃のお遊びだし、俺だってパパやママと同じような気持ちでしたキスだし」

「俺は違ったよ。映にキスしてもらったとき、天国に行っちゃいそうだった。好きな人にキスされるって、こんなに気持ちいいんだって思ったよ」

これはあかん。あかんて。映の中の大阪人《おおさかじん》が騒いでいる。しかし相手は本気も本気で、ツッコミなど入れられそうにない。

「で、でも……ロシアは、その、同性愛に厳しいんじゃなかったっけ……？」

「うん。彼らはこの国では肩身の狭い思いをしてるよ。法律が国外から批判されてるのも知ってる。でも俺は男が好きなんじゃなくて映が好きだから……そういうの別に気にしたことないんだ」

男が好きなんじゃなくお前が好きなんだという台詞《せりふ》はこれまでも散々聞いてきた。国は違えど映に惹かれる男たちは同じことを口にする。

バルの言葉が嘘《うそ》ではなく心からの正直な気持ちであることは、その情熱的な眼差しが物語っている。腰を抱く腕は優しいが、いざ逃げようとすれば普通に馬鹿力《ばかぢから》を発揮しそうな筋肉でムキムキだ。このままではスイカのように食べられてしまう未来しかない。

しかし映はバルの気持ちを受け入れるわけにはいかないのだ。デカデカと育ってしまったということもあるが、ひとつ屋根の下には世にも恐ろしい番犬がいるのであって——。

「映さん。バル君。ちょっといいですか」

部屋の外から呼びかけられた声に、映は九死に一生を得たような気持ちになった。

雪也の気配にバルはハッと我に返ったように映を解放する。

「どうしました、龍一さん」

「ランチの時間のようです。もうできているから冷めないうちにと」

「わ、わかった！　すぐ行く！」

映はバルの腕の中からすり抜け、バルに行こうと手招きする。

恋する男は切なげな目で映を見つめたが、やがて諦めた様子で頷いた。

＊＊＊

慌ただしい一日を終え、映と雪也は離れの部屋に戻る。

ここを離れていたのはたった一晩のはずなのに、まるで何日もの間留守にしていたようなふしぎな感覚だ。それだけ色々と事件があり過ぎた。

「結局まる二日何の作業もできてねぇ……」

「いいんじゃないですか。最初から構想はじっくり練ると言っていたじゃありませんか」

「うん、そうなんだけど……何のためにサンクトペテルブルクまで行ったんだかなぁ」

まるで日永に会うためにエルミタージュ美術館に行ったような気すらする。じっくり見たはずの絵画の数々も頭から吹っ飛んでしまった。

「芸術見に行って、その間にこの屋敷の芸術が盗まれるなんてな……ピョートルは災難でしかないな」

「そういえば、お昼にバル君はどうして慌ててあなたを部屋に連れていったんですか？」

いよいよこの質問が来てしまった。映は密《ひそ》かに息を呑《の》む。

結果的に何もなかったので後ろめたいことはないはずなのだが、バルからはっきり気持ちを聞いてしまった以上、何もなかったことにはできない。

「えっと……前に言ってたじゃん。俺が昔バルに絵描《か》いてやったって話」

「ああ、それのことですか。いつの間にかここに持ってきていたんですね」

「そうそう。それで、ピョートルのコレクションが盗まれたから、まさか自分のも、って思って慌ててたらしい」

ふうん、と雪也は興味深げに相槌を打つ。

「俺も見てみたいですね。八年前の映さんの絵。水彩画か何かですか」

「そう、水彩画。スイカ食べてる子どもの頃のバルの絵」

「天使だった頃の彼ですね。思い出して懐かしくなりました？」

「そりゃあな……本当に可愛かったもん。雪也も後でバルに頼んで見せてもらえば。我ながらあの頃のバルそのままだから」

「ぜひ見てみたいですね。彼にとって宝物みたいですし」

うん、と頷きかけて、はたと嫌な予感に沈黙する。雪也の口調にどこか批難めいたものを感じるのは気のせいだろうか。

チラと上目遣いで番犬の顔色をうかがうと、剣呑《けんのん》な眼差しに出会い、硬直する。やはり、これは十中八九、嫌な予感が的中している。

「ねえ、俺の言った通りでしょう。彼のあなたを見る目は、誰が見たって恋する男のそれですよ」

「やっぱ……結構前から聞いてたな、あんた」

「ええ。ピョートルの話は短いものでしたから。すぐ二階に上がりました」

気配を消してドアの外から聞き耳を立てていたらしい。もうこうなったら何を隠しても無駄だと、却って力が抜けた。

「初恋だそうですね。ファーストキスもあなただと」

「ああ、そうみたいだな。まあ、ファーストキスったってお願いされてチュッと口にした程度だよ。でも、バルはすごくそれが嬉しかったみたいだ」

「そりゃそうでしょう。好きな人がキスしてくれたんですから」

ネチネチと責めてくる。聞かれていたとなれば何の弁解もできないので、ここは耐えるという選択肢しかない。

「だから年齢なんか関係ないんですよ。子どもだろうが、赤ん坊だろうが、それに日本人だろうが外国人だろうが……あなたのフェロモンは男という男すべてに効果があるんです」

「うーん……わかんねぇけど、でもやっぱ赤ん坊は違うと思うけどなぁ」

「彼も言ってたじゃないですか。甘い匂いがするって。スイカみたいだって」

「あの……それなんだけど……俺、スイカの匂いすんの？」

思わず訊ねてみると、雪也は少し考える。

「スイカ……と思ったことはありませんけど……それは俺がそれほどスイカを食べないからなのかな……」

確認させてください、とぎゅっと抱き締められ、耳元で無遠慮に深呼吸される。

その息の感触にぞくりと腰が震える。そういえば、昨夜は別々の部屋に泊まったのでしていないのだ。

「そう言われればそうかもしれませんね……甘ったるい香りには違いありません」

「そ、そう……？　何か、言われたことないから、新しかったわ」

自分の目が欲情に潤んでいるのがわかる。雪也は映をじっと見つめ、抱き締めたままキスをする。

「ん……、ゆ、きゃ……」

「……あなたは甘い……匂いも、唇も、何もかも……」

熱い吐息を漏らしながら、雪也は映の唇を貪《むさぼ》る。歯列をなぞり、上顎《うわあご》をねぶり、舌を絡めて音を立てて吸う。

そのまま映を抱き上げベッドへ運び、二人は倒れ込んでもつれ合った。硬いものが太ももに当たると視界が涙でぼやけて体温が上がる。

「はぁ……でも、悔しいな……」

「え……何が……？」

映の服を脱がせ肌を弄《まさぐ》りながら、雪也が切なげなため息をつく。

「俺も、あなたの初めてが欲しかった……彼がファーストキスをあなたにしてもらえたというのが、羨《うらや》ましくて仕方ないですよ」

「何だ、そんなこと……」

「大事なことですよ。初恋の人とファーストキスだなんて最高じゃないですか」

雪也は意外とロマンチストだ。少なくとも映よりも記念日を覚えているしシチュエーションも気にする。そんなところがとても可愛い。

「……あんただって、初めての、あるじゃん」

「え……？　そんなものありましたか？　あなたは一通りのことはすでに経験済みでしょうし……」

映は衣服を突き上げる雪也のものをそっと撫でる。

「結構前から言ってるだろ……あんたみたいなの、初めてだって」

「……大きさのことですか」

「そうだよ。あんな奥まで突っ込まれる感触、あんたとするまでなかったもん」

「それも、初めてのうちに入るんでしょうか……」

誤魔化されたような顔をして雪也が苦笑する。

「初めての恋や初めてのキスと比べると、あまりにも下世話な初めてですね」

「べ、別にいいだろ。あんたが欲しがったんじゃん、『初めて』の何か」

「俺に関してそれしか思い浮かばないというのが、もう俺たちの関係を表している気がしますけど……まあいいです」

とりあえず満足した様子の雪也は一晩お預けを食らって気が急《せ》いているのか早々と映の服を脱がせ性急に体を求める。

それにしても、やはり初めてというものはいいにしろ悪いにしろ、記憶からなかなか消えないものなのだろうか。見るからにモテモテで入れ食い状態であろうバルが、八歳の頃の日本での思い出を十年も大事に温めていたということが未《いま》だに信じ難《がた》い。

（そりゃ……俺だって、初めては全然忘れらんねぇけどさ……立派なトラウマだし）

けれどそれを、自分の上にのしかかるこの男が掻《か》き消《け》そうとしてくれている。映のすべてを知りたがり、これまで誰にも明かさなかった過去を、自分との記憶で塗り替えようとしている。

シックスナインで互いを愛撫していると、ここがどこだか忘れそうなほど没頭してしまう。これと付き合い始めてどのくらいになるのだろうか、などと目の前の萎《な》え知《し》らずの一物を見てしみじみと考える。

（そういえば、こんだけ長い間一人の男としかやってないっていうのも、もしかして初めてなんじゃねぇか……）

ふとそんなことに気づいたが、これもまた下世話には違いない。けれど、映はその事実に何か形容し難いような幸せを感じる。ずっと一人の男と一緒にいられることに喜びを覚える。

（夢中になり過ぎるのを怖がらなくてもいい……捨てられるのを怖がらなくてもいい。こんなの、初めてだよなぁ、ほんと……）

改めて込み上げる愛おしさに愛撫する行為も丁寧になる。懸命に奥まで呑《の》み込《こ》み、根本を指で扱《しご》き上《あ》げる。双丘をもう片方の手で優しく転がしながら、熱心に可愛がる。

「ん……、ふ、んぅ」

「あ、きらさん……そんなにたくさん、しないでください……」

「何で……？　出したいなら出せばいいじゃん……」

「最初は、こっちがいいんです、今夜は……」

雪也はフェラチオする映を引《ひ》っ剝《ぺ》がし、上からのしかかって脚を開かせる。

「せっかく初めてをいただいたんで、そっちで楽しもうと思いまして」

「何言ってんだ、もう……」

潤滑剤でぬるつくものをゆっくりと押し込まれる。大きく開かれる感覚に陶然として喘《あえ》ぎながら、映は男の背中にしがみつく。

「はぁ……あ……、ああ……」

「これが……初めて、なんですか……？」

「ンッ、ふ……、そ、ぅだよ……こ、こんな、の……はひ、あ……」

ずちゅりと最奥まで埋まった巨根を、ねっとりと回される。敏感な腸壁が刺激され、快楽の神経をこね回されて、全身の毛穴が一気に開くような絶頂感に包まれる。

「初めての……どうですか？　好きですか？　俺の……」

「好、き……好きぃ……雪也の、おっきいの、好き……」

わざわざ口にさせられることの被虐感にゾクゾクと快感が込み上げる。

ふと、ギシギシと揺れるベッドの音に混じって何か物音が聞こえた気がして、はたと我に返る。

「なぁ……何か、聞こえなかった?」

「風の音でしょう。今夜は少し強く吹いていますから……」

「鍵《かぎ》とか、かけたよな……?」

「俺が確認しましたし、大丈夫ですよ。寝る前にまた確かめに行きますから……何ですか、母屋に盗みが入ったから怖いですか」

「そりゃ……ここ、日本じゃねぇし」

「安心してくださいよ。俺を誰だと思ってるんですか」

確かに。雪也の一言で納得し、映は再びセックスの心地よさに埋没する。

外の風の音は確かに強くごうごうと鳴り、少しの喘ぎ声くらいならば漏れても聞こえそうにない。一度そんな気持ちになれば、声はとめどなくあふれ出てしまう。

「はぁ、あ、ひぁ、は、ふあ、はぁっ」

「はぁ、は……、あぁ、最高です、映さん……いいですか……気持ちいいですか」

「いぃ、ひぃ、は、あぁ、奥、すごい、いぃ、あ、ああ」

奥ばかり責められて、淫乱《いんらん》そのものの女のような声が出てしまう。これで本当に誰かがここに侵入していたら、少し見ただけでは自分が男と気づかないのではないか。

ずんずんと打ち込まれる度に体の奥で快感が弾《はじ》ける。尻《しり》に押しつけられる雪也の下腹部の感触に、本当にあの大きなものがすべて収まっているのだと実感して、頭の芯《しん》がぼうっと痺れるように恍惚とする。

「はぁ、あ、ああ、いい、いい……」

「はあ、ああ、可愛い、映さん……映さんの声、もっと聞かせてください……たくさん喘いでください……」

雪也に声を出すよう促され、ますます高い声で啼《な》いてしまう。

「今夜は、全部映さんのしたいようにしてあげますから……どこがいいんですか……奥だけですか……」

「え、ぁ……、全部、いいよぉ……知ってる、くせに……っ」

「映さんの言葉で説明して欲しいんですよ……ちゃんと、どうして欲しいのか……一から、全部……」

今日の雪也は少し変だ。バルのことで何か心境に変化があったのだろうか。

一応負い目のある映としては、雪也の言う通りにしてやりたいという気持ちがある。

「だ、だから……今、みてぇに、奥、いっぱい突かれんの、好きだし……」

「後は……？」

「今、も、普通に当たって気持ちいい、けど……前立腺《ぜんりつせん》、とこ、刺激されんの、いい……」

「ああ……ここ、ですよね……」

今更説明しなくとも映の体を知り尽くしている雪也は、的確にそこを先端で抉《えぐ》ってくる。

「ふぅっ！　あ、はぁっ……、そ、そんな、強くするの、だめぇっ……」

「でも今先走りすごい出ましたよ」

「き、気持ちい、けど、強過ぎると、やだ、からっ」

「じゃあ、ゆっくり、少しずつすればいいですか？」

緩慢な動きになりながらも、ぷっくりと浮き出た膨らみをコリュコリュと亀頭《きとう》のエラで刺激され、蕩《とろ》けるような甘い快感に映は開いた脚を痙攣《けいれん》させながら涎《よだれ》を垂らす。

「はぁ……あぁ、いいぃ……んぅぅ、すご、あ、イ、イきそ……」

「いいですよ、イって……好きに出してください……」

「あ、はぁ、ああ、うん、出る、出ちゃう……」

一定の間隔で捲《まく》り上《あ》げられるのが死ぬほど気持ちいい。映が射精しそうになるとタイミングを読んだかのように強めに擦られて、映は高い声を上げてビクビクと震えた。

「あっ、ふぁ、ああ、は……っ」

「あぁ……すごく出ましたね……中がぎゅうぎゅうに締まって、最高ですよ……」

ビュルッと噴き出したものが胸元にまで飛ぶ。イっている間も雪也はゆるゆると腰を動かし続け、中の動きを恍惚として味わっている。

腹の中の大きなものの感触をうっとりとして感じながら、映は高まったままの絶頂の中で全身を火照《ほて》らせて喘いだ。

「はぁ……あ……気持ちいい……ふぁ……」

「奥でイクのと、違いますか？」

「違う……」

「どんな風に？」

雪也は細かく説明を求める。どういうテンションなのかわからないが、尻に呑み込んだまま軽く揺すぶられて快楽に溺《おぼ》れ切《き》っている映は、素直に喋る。

「こっちの方が、なんか……ちんちんでイク感覚に、ちょっとだけ近い……擦られて、高まってイク感じ……でも、ちんちんだけで射精すんのと違って、出した後もずっと気持ちいい……」

「奥だとそうじゃないんですか……？」

「奥は……だから、あんたに教えられたやつ……他の男じゃ届かなかったし……すげぇ、わけわかんなくなって、いつイってんのかもわかんねぇ……腹の奥から、全身に熱いのがブワッて広がる……犯されて、イかされてる感じ半端なくて、女になってる感っていうか」

雪也は映の口を吸いながらクスクスと笑う。

「女なんて……わからないでしょ、映さんには……抱いたこともないし、もちろん女になったこともないのに……」

「でも……AVとか見たことあるし……あんな感じなのかなって……」

「違いますよ……ああいうのは演技です……本当にイっても、あなたほどいやらしく乱れない……女よりあなたの方がよほど深いオーガズムを知ってますよ……」

雪也は映の体を横抱きにし、今度は後ろから深々と突き始める。口の中に指を入れ、舌を弄《もてあそ》びながら首筋を吸う。

「じゃあ、今度は奥でイってくださいね……どんな風にイイのか説明しながら……この可愛い口で……」

「あ、ぅ……ゆ、きやぁ……」

なぜかこの夜の雪也はいつもに増して変態で淫語《いんご》や卑猥《ひわい》なことを言わせたがった。毎回これではエロオヤジも同然で辟易《へきえき》するが、今夜は少し新鮮で映も盛り上がってしまった。無我夢中になっている最中は、雪也の言いなりになってしまう。

三度中出しされ、疲れ果てて半死半生になっていると、まだ余裕の雪也はベッドを降り軽くガウンを羽織って戸締まりを確認しに行く。

しばらくしていくつか鍵を閉める音が微《かす》かに聞こえる。気のせいだと思いたかったが、その頃には風も収まりやけに大きく響いたので自分を誤魔化すこともできない。

映は意識が朦朧《もうろう》としながらも（やべえ……やっぱ閉まってなかったじゃん）とその事実に気づき、震撼《しんかん》したのだった。

愛人

ロシアにやってきて一週間ほどが過ぎた。

いくつか下絵を描いた映《あきら》はそれをピョートルに見せつつ、まだ他にいい構想はないかとラフを描く日々である。

その間、雪也《ゆきや》はラップトップで仕事をしている。日本の事務所でののどかな光景と何らかわりない。

しかし実際は、雪也は日永《ひなが》を探すのに躍起になっている。仕事の傍ら、今はそちらに注力している。ピョートルのコレクション泥棒とも無関係とは言えないかもしれない。

一方、屋敷の主は呆気《あっけ》なく泥棒の衝撃を忘れたようだった。

「映、龍一《りゅういち》。今夜娘のマリヤが踊るんだが、一緒に観《み》に行かないか」

ピョートルはコレクションを盗まれたことでひどく落胆していたが、少し持ち直し始めた。家の警備は強化され常にガードマンが配置されているので少し物々しい雰囲気だが、慣れてしまえば日常である。

「本当ですか。ぜひとも！　マリヤさんはプリンシパルだっていう……」

「そうだ、そうだ」

ピョートルは誇らしげに頷《うなず》く。元妻のことは盗みの犯人ではないかと疑っているが、やはり娘は可愛《かわい》いようだ。

「皆で観に行くんですか」

「いや、今夜は私とあなた方の三人だよ。ゾーヤは興味がないと言うし、バルの奴《やつ》はマリヤと仲が悪い。なぜかあまり好きではないようだからなぁ」

「ああ……そうなんですね」

「まあ、あいつはマリヤだけじゃなく兄弟たち皆が苦手のようだから。一人っ子として育てたから随分ワガママになってしまってな」

確かにバルはワガママだが、一応社交辞令として最初のパーティーで兄弟たちを紹介してくれはした。ただ確かに、その後個人的に会話をしているのは見なかったので、不仲とまでは言わずともあまり接したくはないのかもしれない。

（けど、バルの奴、最近何か変なんだよな……）

部屋であんなに情熱的に映に迫っておいて、バツが悪くなったのか、翌日は映の顔を見るだけで真っ赤になってしまって会話もろくにできなくなってしまった。八年も想《おも》っていたのだから、少し拒まれたくらいで諦《あきら》めるようなタマでもなさそうなのだが、一応まだ十八歳と若いので、それなりに恥じらいがあるのかもしれない。

避けられているものを自ら近づいていってどうこうしようとも思わないので、そのままにしてあるものの、その急な変化が何となく気になる。

「演目は有名な『白鳥の湖』だ。バレエは観たことが？」

「ええ、何度か。母が好きで連れていかれました」

「俺はあまりないんですよ。でも映画でバレエがテーマのものを観たことはあります。プリンシパルなら白鳥と黒鳥の一人二役をやるんですよね」

「何だ、知っているじゃないか、龍一。そうだ、オデットとオディールだ。二役の演じ分けに高度な技術を要する演目だ。しかし私の見る限り、マリヤはこれまでのどのプリンシパルよりも素晴らしいよ！」

そのピョートルの言葉がただの親ばかでないことは、実際劇場に足を運んで理解した。

歴史ある劇場は外観はギリシアの神殿さながらで、中に入れば夢のように豪華な内装である。大理石の床に真紅の絨毯《じゅうたん》、黄金の華やかな装飾豊かな内壁に、美しいシャンデリア。観客も大半がドレスアップしているので、まるで異世界に来たかのような心地になれる。

そして素晴らしい席から観たマリヤの『白鳥の湖』は、ピョートルの言葉の通り、映がこれまでに観たどのバレエよりも美しく、白鳥そのものの可憐《かれん》さであり、黒鳥そのものの妖艶《ようえん》さだった。

三十二回のフェッテなど凄《すさ》まじい技巧はもちろんだが、その技を技と感じさせない、ただひたすら表現の美しさしか見えないところにマリヤの卓越した能力がある。難しい技術をそうと見せないのは、すでにそれを自分自身のものにしているからだ。重力を感じさせない、空気のように軽い妖精《ようせい》そのものだった。

上演後、マリヤと少しお茶をすることになった。

化粧を落としカジュアルな普段着で出てきたマリヤは、数日前母親を連れ戻しに来た彼女そのままだ。先程大勢の観客を沸かせたプリンシパルとは思えないほど親しみやすい空気である。

「本当は私日本語も喋《しゃべ》れるんですよ。でも、パーパが会話に入れなくてへそ曲げちゃうから、また今度」

カフェでそう言って屈託なく笑うマリヤは普通の二十歳の若い女性だ。

「本当に素晴らしかったです。バレエでこんなに感動したことってなかったな」

「ありがとうございます。そう言っていただけてホッとしました」

「小さい頃からバレエを？　お母様もバレエダンサーでしたっけ」

「ええ、そうです。でも、ロシアはバレエ大国ですから……女の子の習い事としては普通のことです。もちろん私は、始めてすぐにプロになる気でいましたけど」

「マリヤ。ところでお母さんはどうしている？」

映たちが話していると、ピョートルが少し改まった口調で訊《たず》ねる。

「最近の様子はどうだ。うちに乗り込んできた後は……」

「もう随分落ち着いたわ。普通の生活をしてるわよ。バレエスクールで生徒さんのレッスンをしているわ」

そうか、とピョートルは頷いたが、まだ何か言いたげに腕組みをしている。

マリヤは父の内心を察し、慎重に言葉を選ぶようにゆっくりと返す。

「パーパの言いたいことはわかるわ。あそこであった盗みの話、聞いたもの」

「お前はどう思う」

「マーマのわけないじゃない。パーパ、本当にわからないの？」

マリヤは呆《あき》れた様子で眉《まゆ》をひそめる。

「マーマは本当は掛け軸のことなんてどうでもいいのよ。マーマが執着しているのはパーパだけなんだもの」

「それじゃ、掛け軸はどうでもいいっていうのか」

「口実に過ぎないわ。だって、普段そんな家宝だ何だなんて言わないもの。パーパとの思い出話ばかりよ」

娘の言葉に、ピョートルは驚き灰色の目を瞠《みは》った。

「そうなのか」

「そうよ。むしろ、マーマからしたら、あの掛け軸がパーパのところにあることで繋《つな》がりがあるからいいんじゃないかしら。私は全然、そうは思わないけどね」

そりゃそうだろう、と映は心の中で同意する。繋がりといってもあんな風に怒鳴り込むようなきっかけしかないのだから、関係が改善するわけはない。そんな悲しい繋がりはなくなってしまった方がいっそすっきりしそうだ。

ピョートルは納得しかねるような複雑な顔をしていたが、その後は英里《えり》のことには触れず軽く雑談などしただけだった。

しばらくして腕時計を見て「時間だ」と立ち上がる。

「車を呼んでおいたから、来たら皆で乗って帰りなさい」

「わかったわ。ありがとう、パーパ」

マリヤは父とハグし別れのキスをする。そのままピョートルは一人で店を出て、タクシーを拾ってどこかへ行ってしまった。

「ピョートル、こんな遅くにどこに行くんだろう」

「あら？　知らないの。どうせまた愛人のところでしょ」

マリヤは父がいなくなると日本語で話し始める。

「え、また……？」

と言いかけて、雪也に袖《そで》を引っ張られ、ハッと言葉を呑《の》み込《こ》む。

それを見たマリヤは笑いながら肩を竦《すく》めた。

「いいのよ、皆知ってるもの。この前サンクトペテルブルクへ行ったんでしょ？　その夜は現地の愛人のところに行ったはずよね」

「ピョートルはずっとああなんですか。その……」

「ええ、そうよ。私のママと結婚してるときからそう。多分、最初の奥さんのときからね」

ということは、バルやマリヤだけでなく、他の子どもたちも自分の母親以外に父に女がいることを把握していたということか。なかなか辛《つら》い家庭環境だ。

「言っておくけど、ロシア人が皆こうじゃないわ。あの人が特別よ」

「そりゃわかってますよ。まさか皆そうだなんて思いません」

それならいいけど、とマリヤは笑う。

「パパの遊びぶりは有名だけど、それでも女の人が切れないのよね。もちろんお金は大きいと思うわ。ただ、うちのママみたいに、何回浮気されても忘れられないって人もいるから、きっとある種の人にとっては魅力的なんだと思う」

「その……子どもの立場からして、マリヤさんはどうなんでしょう。バルは全然気にもかけていないように見えたんですが」

「さあ？　バルのことは知らないけど……仲よくないし。きっとゾーヤさんはゾーヤさんで恋多き人だから、どっちもどっちで諦めがついてるんじゃないかな。私の場合は、子どもも過ぎてよくわからなかった。でもママがずっとパパを忘れられないのはわかってるし、早く新しい人見つけなよってずっと言ってるんだけどね」

「そうだったんですか……」

そんなやり取りをしているうちに、車が到着したらしく、ドライバーがカフェに入ってきて映たちを呼んでいる。

表に出ると車は二台あり、映たちはそこでマリヤと別れ、ルブリョーフカの屋敷へ戻った。

「それぞれ事情はありそうですけど、やっぱり子どもからしたら母親を心配しますよね」

離れに戻り日本茶を飲みながら、雪也はマリヤの言葉を振り返っている。

「ピョートルが魅力的な男なのはわかりますが、あそこまで漁色家だと、何かしら異常なものを感じてしまいます」

「きっと寂しいんだろ。常に誰かが側にいてくれなきゃ嫌なんじゃないの」

「それは浮気する側として共感している人間の台詞《せりふ》ですね……」

「ば……、ち、違うよ。ただそうじゃねぇかなって想像しただけ！」

実のところ図星である。というよりも映の場合、一人の男に深く依存することがタブーだったので、その分、数で紛らわしていた。浮気したかったのはやはり寂しいからだ。いつも誰かに愛していて欲しい。誰かに必要とされたい。そうされることで自分を確かめたい。そんな気持ちがあった。

（まあ、俺のも普通とは違うっていうか……いつの間にかそうやって自分を保つ生き方になっちまってたんだけどな）

あまり真面目に自分の性癖を分析したことはない。それはつまり、どうしてもあの原因となったトラウマのことも熟考しなければならなくなるからだ。

雪也のお陰で自分だけの秘密ではなくなり、共有してくれる誰かがいる、それを受け止めている存在があることで映は人生の色が違って見えるほどに救われた。

そのことでこれまで体に染みついた浮気性がすぐに消えてなくなるかと言えば、そうではないのだが。

もちろん浮気する理由はそれぞれにあるだろうし、ピョートルとはまったく別のものだろう。人それぞれにドラマはあるものだ。

「じゃあ、雪也は英里さんの気持ちわかるのか？」

「英里さんの？　マリヤさんの母親のですか？　どうして」

「だってさっき俺のこと言ったじゃん。その逆。浮気されてもまだ好きだなんてさ。相手が不誠実ってわかってるのに、何で嫌いになれないんだろ」

「それこそもう性格ですよね……元々何かに執着しやすい人なんじゃないですか」

あっさりと雪也は英里を診断する。

「知り合いにもいますよ。相手のモラハラで苦しんでるのに別れられなくて、ようやく切れたと思ったらまた別のモラハラ人間を好きになるんです。それでまたボロボロにされるのに、やっぱりなかなか別れられない」

「それってどういうこと？　モラハラされるのが好きなの？」

「さあ……最近は遺伝子でそういう性格の細かいところがわかるそうです。執着しやすい性質なんじゃないですか。諦めが悪いというか。それこそ遺伝子レベルからの性格なので、直すことは難しいんでしょうね……大事なのは自分はこういう性分を持って生まれてるんだと把握することかもしれません」

遺伝子レベルならば確かにそれは如何《いかん》ともし難《がた》い。最近、かかりやすい病気などが遺伝子の検査でわかるようになったらしいが、性格までもわかってしまうとは初耳だった。

「じゃあ雪也の遺伝子も執着するやつなのかな」

「俺はそうじゃなかったはずなんですけどね。こんなにしつこくなるのはあなたに対してだけですよ」

「え……本当？　あんた色々と執念深そうじゃん」

「俺のイメージ悪くないですか……。まあやられたことは必ず返しますけどね。もちろん、いいことも悪いことも」

やはりかなりの執念深さだ。遺伝子を検査するまでもない。

「でもさ、ピョートルの奴、少し前までコレクション盗まれてえらい落ち込んでたのに、もう愛人のところ行くくらい元気になったんだな」

「本当ですよね。喉元《のどもと》過ぎれば熱さ忘れるじゃないですけど、あっという間に今まで通りの気力が戻るのは何というかさすがだなと思いますが」

「それこそ執念深さとは正反対なんだろうな。飽きっぽくて忘れっぽくて」

雪也は「そういうところが憎めないんでしょうね」と笑う。確かにピョートルには少しも粘着質なところがない。大らかで、陽気で、乾いている。見境なく光を与える太陽だ。

「けど、こんな調子でまた盗みに入られでもしたらどうするんですかね。バル君が言ってましたけど、あちこちの家にコレクションはあるんでしょう？　今警戒しているのはこの家ですけど、他も可能性はありますよね」

「どうだろうなぁ。さすがに他も警備は強化してると思うぜ。まあ、ピョートルがあんな調子じゃ、案外抜けててまた盗みに入られるなんてことも有り得そうだけどな」

二人で冗談めかして喋っていたことだったが、翌日、それは笑えない事実に変わってしまうことになる。

＊＊＊

翌朝、二人は母屋の方が騒がしいのに気づいて目を覚ました。

「ん……何でしょうね。何だか言い争ってるような声がしますけど……また誰かが乗り込んできたんでしょうか」

「わかんねぇ……けど、とりあえず起きて服着た方がいい」

男二人が裸でひとつのベッドで寝ていたとなれば、説明不要の不適切な関係である。誰かがいきなりやってくる前にと、映は慌てて着物を纏《まと》う。

二人でとりあえず人前に出られる格好になって母屋へ向かう。そこは予想通りの大わらわでピョートルやスタッフたちが右往左往していた。

「どうしたんです、朝から……」

「おお、映、龍一……！　まただよ。また賊が入ったんだ！」

赤くなったり青くなったりして見るからに平常心ではないピョートルが泣きそうな声で叫ぶ。

映と雪也はハッと顔を見合わせた。まさしく、昨夜冗談で言っていたことが本当になってしまったようだ。

「またここに入ったんですか。夜のうちに」

「違うんだ、今度はサンクトペテルブルクだ。この前行ったところだよ」

今回は別の家らしい。まさか偶然盗みに入った家が同じ家主だったということもないだろう。これは明らかにピョートル個人を狙《ねら》った計画的な窃盗に違いない。

ピョートルは今日も朝帰りだったらしく、外から帰ってきた格好のまま、あちこちに電話したり荷物の準備をしたりしている。

「すまない、そういうわけだから私はまた向こうに行かなくては」

「ええ、何か手伝えることがあればいいんですが……」

「映はそのまま襖《ふすま》絵《え》の作業を頼む。ああ、また私のコレクションが……」

ピョートルは嘆きながら慌ただしく家を出ていった。

蜂《はち》の巣《す》をつついたような騒ぎだったのが、主が去ると同時に嘘《うそ》のように静まり返る。残されたバルとゾーヤは銘々にため息をつき、「疲れたから寝直そう」とそれぞれの部屋に引き取っていった。

「また……ピョートルのコレクションが盗まれたようですね」

「ああ、そうらしいな……バルたちがさほどショックを受けてないのを見ると、やられたのはまたそれだけっぽいけど……」

すっかり目が覚めてしまった二人は、コックに頼んで早めの朝食を作ってもらうことにする。熱い紅茶に、サラダ、スクランブルエッグ、ベーコン、ロシアンパンケーキと呼ばれるクレープのように薄い生地にイクラとサワークリームを載せたもの。

「しかしどういうことなんでしょう。なぜ彼が標的に？」

「まあ、あれだけ手広くやってれば敵も多いだろうけど……俺たちが来てからこんな立て続けに盗みが起きてるっていうのが嫌だよな……何より、あの件もあるし」

サンクトペテルブルクで出会った日永のことを考えると頭が痛くなる。モスクワの事件はあの男に出くわした日の真夜中に起きた。それから数日経《た》って、今度は別の家だ。

「雪也、あの人のこと、何かわかったか」

「まだ決定的なことはわかりませんが、彼が親族の家にはいないことは確かです。そこは当たりましたが影も形もない。会いに来てもいないようです」

「そっか……。それなのに、俺にはわざわざ声かけてきて……」

何を企《たくら》んでいるのか見当もつかない。わからないから恐ろしい。

「やっぱり、この盗み、日永さんが犯人なんじゃねぇの」

「……それが最も自然なような気がしますね」

芸術への関心、盗みの始まった時期、映への意図的なコンタクト。

この件に日永が関わっていないという方が不自然なような気がする程度には、彼は真っ黒寄りの灰色だ。

「でも、何のために、っていうのが……わかんねぇんだよな」

「俺たちをからかうだけ、というにしてはあまりにも計画的過ぎる鮮やかさです。事前に綿密な調査をしていないと、魔法使いじゃないんですからこれほどスムーズな盗みは不可能ですよ」

日永が白松組《しらまつぐみ》でやりおおせた大掛かりなあの事件は、彼がずっと長い間温めていた計画だった。しかし、映たちのロシア入りはあまりに偶発的で、周囲に知る者もほとんどいない。日永が事前にその情報を摑《つか》み、それから盗みの計画を立て……とは、今の段階ではまだ少し考えにくい。

「でも、他に怪しい人間なんていねぇじゃんか。っていうか、俺たちはあまりにここでの情報に疎い。人間関係だって全部把握してるわけじゃねぇし」

「そうですね……ロシアでここの家族以外に知っている人間といえば、せいぜい最初のパーティーに来ていた客人くらいで……」

「……その中の一人とかも有り得るのか？　あの人らはピョートルのコレクションのことを知っていただろうし、盗んでまでも欲しいと思うかもしれねぇ」

あの日、目の色を変えて映に話しかけてきたピョートルの友人たちを思い出す。映が襖絵を描くと知ってひどく嫉妬《しっと》した者もいたかもしれない。その人物が盗みを思いついて計画した——などということはあるだろうか。

（その可能性もある……ピョートルと付き合いがあるんだ、あそこにはそこそこ以上の金持ちしかいないだろう。この家に出入りしていたなら中の構造もわかる。サンクトペテルブルクの方にも出入りしていたかもしれない。プロを雇って盗ませるってことも有り得そうだ）

日永か、ピョートルの友人か。今のところ映の知る範囲で他に怪しい人物もいない。

「日永さんなら、盗んだものは自分のコレクションにするよな。それ目当ての奴はそうだ。けど、もし美術品そのものでなく、その価値だけが目当てなら……」

「売るでしょうね。ほとぼりが冷めてから」

雪也は紅茶を飲みながら頷く。

「そちらも調べようと思っています。詳しい人物を紹介してくれそうなツテがあるので」

「マジか。すげぇな。盗品を売るなら……それなりのところだろうしな」

「その通りです。蛇《じゃ》の道は蛇ですから、俺も使えるものは使って調べてみますよ」

午前中、雪也と額を突き合わせて推理してみたが、今の時点では考えられるのはやはり美術品目当ての、この家にある程度詳しい人物だ。周囲の人物を探ってみてもいいかもしれない。

昼頃、窃盗にあった家に着いたらしいピョートルから連絡が来た。

やはりプロの仕業のようで、綺麗《きれい》にコレクションの一部だけを盗み短時間で犯行を終えている。ここと同じ手口だ。

犯行グループはセキュリティの細部まで把握し、恐らく事前に細かく調べ上げ家屋に侵入している。ピョートルの家のセキュリティシステムはインターネットで管理されているが、犯行の間だけそこのネットが遮断され、防犯カメラの位置や住み込みのスタッフの部屋やガードマンの交代時間など、あまりにも上手《うま》い具合にすべてをすり抜け、盗みをやりおおせている。

窓ガラスを音がしないよう割って入り、そのままコレクションの置いてある部屋へ直行。数点を盗みそのまま立ち去る。あまりに目的がはっきりしているし、内部事情を把握し過ぎている。

「ネットが切れるとセキュリティ会社から連絡が入る。電話線も抜かれてたから応答がなくて、ルール通りその後すぐにスタッフが家に向かったらしいんだけど、それでも間に合わないくらいの素早さだった。ものの数分だ」

ピョートルから電話を受けたバルが説明する。ゾーヤは砂糖をたっぷり入れたコーヒーを飲みながら、しかめっ面《つら》でその報告を聞いている。

「で、一体何なの？　今回盗まれたものは何？」

「同じだよ、また父さんのコレクション。で、さ……また変なこと言ってんだ。今度はビクトリアの仕業じゃないかってさ」

「ビクトリア……？　それは……」

雪也が訊ねると、バルは「二番目の奥さんだよ」と答える。

「今回盗まれたのは、彼女から貰《もら》った陶磁器。かなりの年代物で結構な価値があるらしい」

「え……じゃ、その陶磁器も、そのビクトリアさんは返せって言ってたやつなのか？」

「うん……父さんの口ぶりだとそうなんじゃないかな。でも、最初は英里さん、今度はビクトリアって……さすがにないよ。それだけ父さんが周りの人たちからアレコレ理由つけて美術品を巻き上げてたってことだよね」

「そうよね……何もあげてないのなんて、私くらいじゃないかしら」

ゾーヤは長く伸びた爪《つめ》をいじりながらアクビをしている。

「英里さんのお父様は落ちぶれたけど昔は羽振りがよくて、あの掛け軸もその頃に買い集めたものだったらしいし。ビクトリアは女優だものね。素敵だと思えば値段も見ずに買えちゃうような人だもの。英里さんはどうか知らないけど、ビクトリアが一度手放したものを取り戻したくて盗みをさせるなんて、それこそ有り得ないわ。ピョートルもショックでおかしなことを考えるわよね」

ピョートルの嘆きぶりに比べれば、二回目とあってか家族もなかなかの塩対応である。自分たちに被害が及んでいないので当然といえば当然だ。しかしこうもセキュリティが箇単に破られるとなると安全面で問題がある。もちろん、この二件の窃盗はコレクションに目標を絞っていたからこそ可能だったもので、他のこととなればこう上手くはいかないはずなのだが。

「あ、そうだわ。買い物に行かなくちゃ」

ゾーヤはおもむろに立ち上がり、雪也の方を見る。

「ねえ……龍一さん」

「はい？　何でしょう」

「こっちはもう大丈夫だとは思うんだけど、やっぱり最近物騒で少し怖いから、ちょっと買い物に付き合ってくださらない？」

家のスタッフを使わずわざわざのご指名である。下心が丸わかりだが、夫もいないので堂々と誘っている。

雪也は困ったように映を見たが、どうぞどうぞと映は頷いた。雪也がゾーヤに気がないのはわかり切っているし、ここで拒めば後々面倒そうである。

映の許可を貰ってしまい、雪也はとりあえずバルの方も見るが、こちらはまったく興味がなさそうに肩を竦める。断るのもおかしな空気なので、結局雪也は承諾した。

「ええ……構いませんよ。少しの時間でしたら」

「ありがとう！　大丈夫、そんな何時間も連れ回したりしないわよ。それじゃ、お願いするわね」

ゾーヤはウキウキしながら早くも雪也の腕を取る。まるで久しぶりのデートにでも出かけるようにはしゃいだ後ろ姿に、映も少し笑ってしまった。

＊＊＊

ベンツを自ら運転し、ゾーヤは上機嫌で次々に店を回り、瞬く間に大量の買い物をした。

雪也はただそれにお相伴し、どれが似合うかなどの問いかけに適当に答えていただけだが、雪也を連れて歩けるだけで満足だったらしいゾーヤはその素っ気ない態度もまるで気にしていない。

「ついでに少しドライブをしない？　モスクワの街を見せたいわ」

「ええ……ありがとうございます」

彼女の誘いの目的はわかっていたものの、雪也も丁度外に用事があったのでそのついでと思い受け入れた。

すでに買い物ではなくドライブデートのようになっているが、ゾーヤは会った当初から雪也をロックオンしていたので、こういった行動もまったくふしぎではない。

「本当、変な事件が続いて嫌になっちゃうわ。せっかく龍一さんたちがいるときだっていうのに、ごめんなさいね」

「いえ、それはゾーヤさんたちのせいじゃありませんよ。仕方のないことです」

パーティーのときに長々と聞かされたゾーヤの生い立ちなどの話がインプットされているので、無駄に彼女についての知識がある。

今は自身がデザインするアパレルブランドを経営しているが、元はウエイトレスだ。彼女がレストランで働いているときに客としてやってきたピョートルが一目惚《ひとめぼ》れし、結婚に至ったとのことである。

しかし彼女いわく、これまで夜をともに過ごして落とせなかった男はいないとのこと。一目惚れだけではなく、その後のことでピョートルを射止めたと主張している。

つまりそれだけテクニックに自信があるらしく、それで雪也を誘惑していたわけだが、雪也自身、その辺の女が束になっても敵《かな》わないような淫乱《いんらん》を知っているので、特にそそられもしなかった。

「あの人は新しいものをどんどん集めるのが好きなの。だからあちこちの家にコレクションがあるわ。どれも最初は夢中になるけど、すぐに飽きて次を求めるの。美術品も、女も同じよ」

「……なるほど。それで、何度も結婚しているんですね」

「ピョートルにとって女性は食事なのよ。同じものをずっと食べていたら飽きてしまうでしょ。彼の愛情は長くは続かない。私だって、もう何年夫婦生活がないか……」

信号で停《と》まる度に欲求不満を露骨に示し体を擦り寄せてくるが、あいにくこちらは毎晩充実している。それに、ゾーヤとて夫婦生活がないだけで、男女のことがないわけではないだろう。離れて暮らすマリヤが知っているくらいなのだから、こちらはこちらで有名な話に違いない。

「あなたは魅力的なんですから、惹《ひ》かれる男は掃いて捨てるほどいるでしょう」

「でも、私がいいと思える男性はそんなにいないのよ」

弾《はじ》けそうな張りのあるグラマラスな体。甘い香水の匂《にお》い。見事なブロンドに妖艶な碧《あお》の瞳《ひとみ》。セクシーな小麦色の肌。

これに反応しない自分は、もはや正常な男ではないなと内心苦笑する。行為は可能だろうが、彼女がこれまで虜《とりこ》にしてきた男たちのようにはならない。

映の乱れぶりを見れば、どんなに自分に自信がある女でも敗北を感じるはずだ。技術ではない。演技でもない。彼は本能のままに男を貪《むさぼ》り、吸い上げ、食い尽くす、とんでもなくみだらな魔物なのだ。

(あいつにも、効果は覿面《てきめん》だったしな……。とはいえ、二人を残してきたのは気になる。俺も用事を早く済ませて戻らないと……)

腕時計を見ると、約束の時間が迫っている。雪也は迫るゾーヤの体をそっと押しのけ、申し訳なさそうに目を伏せた。

「すみません、ゾーヤ。実はこれから仕事の打ち合わせがあるんです」

「あら？　そうなの？」

「ええ。それで、長くお付き合いはできないと言ってあったんですが……」

ゾーヤはすっかり落胆した表情で「それじゃ、仕方ないわね」と渋々雪也を手放した。こうでもしなければ確実にどこかへ連れ込まれるか、もしくはもう車の中でことに及ぼうとしたであろう勢いだった。

車を降り、体にまとわりつくゾーヤの香水の匂いを手で払いながら、雪也は目的の場所まで真っ直《ま》ぐ《す》に向かった。

今から会うのは実家のツテで繋がったロシアの地下組織に詳しい男だ。文書が残ることを嫌い、直接会いたいと人を介して意向を伝えてきた。

指示通りのカフェに入り、いちばん奥のテーブルに座り、コーヒーを頼む。

するとやや遅れて男が一人入ってきて、雪也の向かい側に座った。一見何の変哲もない、中年のロシア人男性だ。

「ミスター白松だね」

「ええ。よろしくお願いします、セルゲイ」

男も雪也と同じものを注文し、「ロシアは初めてか」などとしばらく当たり障りのない雑談などをする。

そしてふいに、男の目がチラと鋭さを増した。

「地下競売を知ってるかな」

「日本のものなら、少しは」

「同じようなものがここにもある。ただ、規模はかなりのものだ。ナチスが集めた膨大なコレクションの一部や、滅びた王朝の宝物……アジア、ヨーロッパ全土からかなりのものが集まる。あそこで手に入らないものはない。金さえあれば」

「……なるほど。それじゃ、そこで今回のものも」

男は頷き、「その通り」と呟《つぶや》いた。

「売りに出されたならば盗品は間もなくそこで売買されるだろう。何が盗まれたのか詳しく教えて欲しい。出品者の身元は伏せられるが主催者にツテがあるので大体わかる」

「わかりました。俺の知っている限りでは……」

このために事前にピョートルに盗まれた美術品のことを聞いていた。サンクトペテルブルクの家でのものはまだわからないが、おいおいまたこの男に盗品の情報を流すことになるだろう。

(日永さん……あんたロシアで一体何をするつもりだ)

単純に日本にいると危険なので縁故のあるロシアに飛んだのだろうか。国内では灰原《はいばら》力《ちから》にある程度守られていただろうが、ずっとその庇護下《ひごか》にいるわけにもいかない。

映と雪也がここに来ることになったのは完全なる偶然であり、それが事前に日永に伝わっていたとは考えにくい。雪也の読みでは、ロシアに到着直後、もしくは直前に情報を摑み、何らかの企てを始めたというところだが――。

(俺でなく、映さんの方に接触を図った。本当に、どこまでも嫌な人だ……)

もしも日永がその気になれば、その場で映を拉致《らち》することは可能だっただろう。雪也も美術館の中ということと海外ということに油断をして、映の側を離れてしまった。そういう心の隙《すき》を突いて嘲笑《あざわら》う。お前はまたお前の力不足のせいで大切な誰かを失うかもしれないのだと。

男と別れた後、雪也は無心で帰路を急いだ。雪也が調べ始めているのもわかっているだろう。そのとき、彼は何をするだろうか。しかしいくら考えても日永の心は読めない。自分が惹かれるのはいつだってそういう種類のものなのだと、雪也自身わかっている。

＊＊＊

雪也とゾーヤが出ていった後、映はひたすら襖絵の下絵に没頭した。盗みの件も気になるが、映が進めなければいけないのはこちらの仕事である。

（そろそろまとめ時かな〜。ピョートルはどれもいいって言ってくれるけど、こうピンとくるものが降ってくればなぁ……）

四阿《あずまや》で構想を練っていたが少し冷えてきたので離れに戻る。室内の作業机でスケッチブックに描き散らしていると、窓の外の庭園で何かが動いた。

バルだ。彼の方からコンタクトを取ってくるのは随分と久しぶりのような気がする。

コンコンとガラス戸をノックされて映は立ち上がった。

「映、ちょっといい？」

「おう、どうした？」

「うん……少し、話がしたい」

笑顔のない少し落ち込んだように見えるバルに、やや不安になる。

部屋の中に招き入れ緑茶を入れてやると、バルは「まだ少し冷えるね」と湯呑《ゆの》みを持って微《かす》かに微笑《ほほえ》んだ。そして一口飲んで、首を傾《かし》げる。

「……あれ？　ねぇ、これ砂糖入ってないね」

「は⁉　緑茶に砂糖入れないだろ普通」

「え……日本ではそうだっけ。こっちじゃ大体お茶は甘いからさ……まあ、いいや。この離れは日本だと思うことにするよ」

文句を言いつつ大人しくお茶を飲むバル。ここ数日の間あまり話していなかったので、どういう態度をとればいいのかわからない。

「なんか……映たちがここに来てから、落ち着かなくてごめんね。すごく物騒な場所だと思ってる？」

「え、いや……そんなことねぇよ。バルが謝らなくたっていい」

むしろトラブル体質の自分が今回のことを招き寄せているような気がしてならず、ごめんなさいと言いたいのはこちらの方である。

「盗みに入られたのは初めてなのか？」

「俺の知る限りはそう。でも、これまでにはあったかもしれない。わかんないけど」

「よくあることじゃねぇってことだよな……早く解決してくれるといいんだけど」

「場合によっては、危ないから映たちに一度日本に帰ってもらった方がいいかもって、父さん言ってたよ」

「え……そうなの？」

意外なピョートルの言葉に映は目を丸くする。

「そこまで気にしなくても……俺たちに被害があったわけじゃないし」

「でも、映たちは大切なお客さんだ。犯行グループは簡単にセキュリティを抜けて入ってくる。捕まってないのは目的のものを盗《と》ったらすぐ出ていくからだけど、中に入ってこられることは事実なんだ」

　確かにその通りだ。しかし、一件目も二件目も同じ手口なのだし、映はそこまで自分たちの身に危険が及ぶという意識はなかった。何より、映の隣には大抵雪也がいる。それが最も安心できる理由だが、バルたちにそれはわからないので仕方ない。

「心配してくれてありがとう。でも、俺たちは大丈夫だよ。俺は全然弱っちいけど、ゆ……龍一は強いんだ。今まで何度も危ないところを助けられてる」

「へえ……そうなんだ」

「うん。本当、俺の用心棒を兼ねてくれてるんだ。あの人がいれば安心だよ」

　バルたちの心配を少しでも緩和しようとして雪也の名前を出したが、バルはふいに思い切ったように顔を上げ、映を真剣な眼差《まなざ》しで見つめた。

「ねえ、龍一さんは、本当は映の何なの」

「へ？　え……っと、え？　だから、仕事のパートナーで……」

「あのね、嘘はつかないで。悲しくなるから。俺、もう知ってるからね。二人がここで夜に何してるのか」

　一瞬頭が機能停止し真っ白になるが、頭のどこかでパズルが嵌《はま》ったかのようにカチリと音がする。バルが目を合わせようとしなくなった前夜、何があったか。

「もしかして……見た？　っていうか、聞いた？」

「み、見たんじゃない！　見せられたんだよ！」

バルは真っ赤になって首を横に振る。

「俺がそんな、忍び込むなんて、泥棒みたいな真似《まね》するわけないじゃないか。最近の流行《はや》りじゃあるまいし……いくら映のことが好きでも、そんな最低なこと絶対にしないよ！」

「見せられたって、どういうこと……？」

「龍一さんが、あの日の夕食の前に話しかけてきたんだ。『俺の宝物を見せたいから、十時くらいにこっそり離れに来て。鍵《かぎ》は開けておく』って」

——ああ、やられた。

映は頭を抱えてその場で大の字に倒れたくなった。

（最悪じゃねぇかよ雪也……!!　何してくれてんだマジで……）

それであの夜はやたらと声を上げさせられたのだ。変態オヤジのように色々と淫語《いんご》を喋らされたのだ。あえて外にいるバルに聞かせるように、普段とは違う演出をかましてきたのだ。

そりゃ翌日顔も見られなくもなる。真っ赤になりもする。それで平然としていたら相当太い肝の持ち主だ。

「映、たくさん何か言わされてたよね……俺には何言ってるんだかわからなかったけど……でも、もう……声だけで、本当、たまらなかった。部屋の外から聞いてるだけで

「……」

「し、室内は見なかったよな……？」

バルは更に真っ赤になって俯《うつむ》き、しばらくして首を横に振った。

「だって、少し開いてたんだ、襖が……まるでここから覗《のぞ》けって言ってるみたいに」

あーはいはい、お膳立《ぜんだ》てはもうバッチリなんですねー。

と笑いたくなるような用意周到さ。もちろん実際は笑えない。

もうすべて知られてしまったのなら仕方がない。逃げも隠れもできないので、却《かえ》って落ち着いてきてしまった。

「ねえ……あの人は映の何なの。もしかして、恋人なの」

「うーん……まあ、そんなような……」

「ずっとそういう関係だったってことだよね。いつからなの」

「えっと……二年くらい？」

まるで取り調べのように雪也との関係を問《と》い質《ただ》され、なぜか罪悪感を覚え始める。

そう、バルがすでに映の思い出の中の可愛らしい天使でなくなったように、バルの中でも、昔惚《ほ》れたスイカの匂いのお兄さんはいなくなってしまったのだ。いるのは、男に抱かれてやたらと喘《あえ》いでいる淫乱男。雪也のせいでとんだことになってしまった。

バルは思いつめた目でこちらを見つめている。

「俺の方が若いよ」

「はい？」

「俺の方が絶対いいと思う。映をもっと満足させてあげられるよ」

これはまた予想外の展開になった。

嫌われるか呆れられるかの反応かと思っていたら、自分の方が雪也よりも上であると対抗してきたのだ。

（そりゃぁ若い方がいいことも色々あるかもしんねぇけど、若いとできないことだってあるんだよなぁ）

などと冷静に考えてしまう辺り、染みついた浮気性の根深さが自分でも恐ろしくなる。

何しろこの美形である。長身の金髪碧眼《へきがん》、ピチピチの若さ、そしてこちらに夢中となれば、好みとは異なるが多少下心が疼《うず》くというものだ。

しかし映はれっきとした大人で分別も一応ある。それに、こんなにもひたむきなバルの気持ちを受け入れることはできない。

「いやいや、バル、あのなぁ……どっちの方がいいとか、そういうんじゃなくてな」

「あんな男のどこがいいんだよ！」

映がやんわりと宥《なだ》めようとすると、バルは癇癪《かんしゃく》を起こす。

「そりゃカッコイイし余裕もあるし、きっと喧嘩《けんか》だって強いんだろうね。いつも冷静で頭の回転も早そうだし……頼りがいもありそうだ。でも、映はもっともっと価値があるんだよ。きっと世界中の誰もが映を欲しがる。それなのに、何で映はあの男がいいの？　俺の方がいいって、試してみないとわからないじゃないか」

そんなお試しキャンペーンみたいに……というふざけた返しをやりかけて思い直す。バルはどうやら本気のようだ。そりゃ八年間も思い続けて、挙げ句の果てに想い人の痴態を見てしまえば混乱もするだろう。焦りもするだろう。

この状態のバルに冗談は通じない。茶化して純粋な気持ちを台なしにしてしまうのも可哀想《かわいそう》だ。

映はそう考え、少し居住まいを正して、真面目に年若い情熱的な青年に向き合った。

「あのな……バルの気持ち、嬉《うれ》しいよ。俺をずっと想い続けてくれたってこと、純粋に感激する。俺もすごくバルに会いたかったし、再会できて幸せだった。お前の気持ちも、もしもう少し前だったら、俺は受け入れてたかもしれない」

「だったら……！」

「でも、だめなんだ、今は。もう、あの男に出会っちゃったから」

青い瞳に絶望がよぎる。初めて明確に拒まれたのがわかったのだろう。

「あの人が俺を変えてくれた。逃げ続けてた俺に色んなものを見せてくれた。他の誰かじゃだめだったんだ。あいつでなきゃ……あの男は俺にとって、唯一無二なんだ」

そう、雪也に出会う前ならば、これほど熱烈に迫られれば易々《やすやす》と関係を持っただろう。きっと一時《いっとき》夢中になるかもしれない。モスクワでバルを貪り尽くして日本に帰り、また別の男と寝るだろう。

けれど、そんな生活はもう求めていないのだ。

雪也が側にいてくれるから。たった一人の、安心してすべてを見せられる、預けられる男。どこまでも自分を求めてくれる、知りたいと思ってくれる、初めて出会った、自分よりも愛に貪欲《どんよく》な男。

「だから……ごめんな、バル。お前のことは可愛い弟みたいだと思ってる。恋人にはなれないけど、すごく大切な存在なんだ」

「……弟じゃない、もっと龍一さんみたいになりたい……」

「そりゃ血は繋がってないし、バルには他に兄弟がたくさんいるから、弟って言われてもピンとこないだろうけどさ……俺にとって弟って結構特別なんだぜ。だって家族なんだから。他人じゃない、身内だ。それだけ大事ってことだよ」

バルはイヤイヤとかぶりを振る。そんな仕草が年齢よりも幼く可愛くて、思わず抱き締めたくなる。

けれどそれはしない方がいいだろう。気配を消して部屋の外に何者かがいる場合もあるのだから。

映はそれからバルにこんこんと言い聞かせ、ようやく半分くらいは納得させて帰した。

バルはそれでも「まだ諦めない」と潤んだ目をして去っていったが、無理やり襲いかかってこないだけ賢明だ。今まで拒んでもことに及ぼうとした男など掃いて捨てるほどいるので、バルがそういう輩《やから》でなくてよかった。

＊＊＊

「……で、言い訳を聞きましょうかね」

襖の向こうに向かって訊ねると、「バレてましたか」と少しも悪びれない顔で雪也が入ってくる。

「言い訳とは何ですか？　別に俺は何も後ろめたいことはしていませんが」

「あのなー！　バルにわざとセックス見せつけただろうが！」

「おや……そんなことありましたっけ」

「あんた、最悪だぞ……ようやくバルが俺を避けてた理由がわかったよ」

さすがに映は怒っている。自分はどれだけ信用がないのだろうか。というよりも、自分たちの行為を平気で他人に見せられる神経が信じられない。

「俺はそういう趣味はないいんだよ。見られたって全然嬉しくねぇし」

「そうですか？　羞恥《しゅうち》プレイも好きそうだと思いましたけど」

「好きじゃない！　淫語言わされるのだって特に好みじゃねぇし！　ってか、あんなもん見せて逆効果になるとか思わなかったわけ？」

「逆効果……？」

雪也は怪訝《けげん》な顔をする。本気でわかっていないのだろうか。

「俺がアンアン言うの見て、仄《ほの》かな恋心が性欲を伴った本気モードになっちまうかもしれないって、考えなかったのかってこと！」

「……ああ。なるほど、そういうことですか」

低く唸《うな》って考え込んでいる。

「確かに盲点でした。諦めるかと思ったんですが……燃え上がるタイプもいるかもしれませんね……」

「何でそこ想定外なんだよ！　バルはノンケなんだから、俺とどうのこうのってあんま詳しく想像できなかったはずなのに、実演しちゃったようなもんじゃん……あいつ意外に一途《いちず》そうだぞ、どうしてくれるんだよ」

まだ十代だし案外早く冷めてくれるかもしれないが、若いだけに予想がつかない。雪也の策略のせいでバルの中の何かが大きく変わってしまったのは明らかで、何とも罪深いことをしでかしてしまった。

「あーもう……バルの人生変えちまったらどうしよう……」

「映さんがそこまで責任持つ必要ありませんよ。何を見て何を聞こうが、彼の人生なんですから」

「あんたが言うなよ！　今、それを！」

反省の欠片《かけら》もない態度にむかっ腹が立つ。

「で……他に俺に聞くことはないんですか？　映さん」

「え、何……？　別にないけど」

突然問われて正直に答えると、雪也の顔が不満げに歪《ゆが》んだ。

「あなたは本当に全然嫉妬してくれないんですね！　女と二人きりで出ていったの知ってるくせに！」

「あー、ゾーヤのことか」

思わず笑う。雪也が彼女の誘惑に応《こた》えることなどないのは知っている。嫉妬のしようがない。

「お互い親子に迫られてたんだな、そういえば」

「そういえば、じゃありませんよ……はぁ。俺は映さんが心配でなるべく早く帰ってきたっていうのに」

ブツブツと愚痴を言いながら拗《す》ねる雪也が可愛い。思わず頭を抱いてよしよしと撫《な》でると、苛立《いらだ》ったように押し倒された。

「何だか、俺ばっかりあなたのことを好きなような気がします」

「そんなわけねぇだろ。何で俺の深い愛がわからないんだよ」

「じゃあどうして嫉妬もしてくれないんですか！」

「え、嫉妬って愛のバロメーターなの？」

「そうですよ！」

世界の常識のような勢いで断言されて納得がいかない。

「だってさ、俺があれだけの若くてピチピチの美形をあんたのために拒んだんだぜ？　それだけでも相当な愛だろ」

「それは当たり前です。そんなさもすごいことをしたみたいに言わないでください」

「ええ!?　これって俺としてはすごいことなのに！　あんたとこうなるまで結構来る者拒まずだったんだぞ」

「あなたの股《また》が死ぬほどユルユルだったのなんてわかってます。見境なかったのがある程度普通になったってだけじゃないですか」

「ユル……まあ、そうだけど！　でも今はあんただけだろ。ずっと！　それって愛以外の何ものでもないだろうが」

はあ～と大層なため息をつき、雪也は映に覆いかぶさって強く抱き締めた。その体の重み、体温、力強さに、じんわりと心が満たされてゆく。

「もう……これぱっかりはどんなに一緒にいても平行線ですね」

「違う人間なんだから当たり前だろ……全部一緒だったらおかしいよ」

雪也はゆっくりと映に唇を重ねる。その柔らかさを味わうように押しつけながら、ねっとりと舌を絡ませる。

悩ましげにため息をつき、映の体を着物の上から性急にまさぐる。

「やっぱり、あなたを抱いているときしか俺は安心できないな……世界中に見せつけたって、全然足りない。ずっと繋がっていないと……」

「ん……、ゆき、や……」

すでに脚を割られ、太ももの間に腰を押しつけられている。獣並みの欲情の早さにさすがに笑ってしまう。

「なあ、これから夕飯だろ。後で……」

「少しだけでいいんです。あなたを愛させてください」

何やら高まってしまっている雪也の熱に押されて、映は諦めて身を投げだした。

今の映は雪也以外を拒んでいる。雪也の願いなら何も拒まないと決めている。

それが自分の愛の証明だと思うからだ。たとえそれがどんなに特殊な変態性癖だったとしても、雪也の希望ならば受け入れるだろう。それを肯定するかどうかは別として。

家族

二軒の家を荒らされてから、ピョートルは更にセキュリティを強化し、しまいには自分でそれぞれの家を見回るようになった。

だがしかし、例によって陽気で遊び好きなピョートルの緊張感は長く続かない。

そして、また愛人の家に泊まった翌朝、事件が発覚した。

「何でだよ……何でこう何回もあるんだよぉ」

愛人宅の父から連絡を受けたバルももはや呆《あき》れ顔《がお》だ。三件目の盗みだった。

今度はこの邸宅とさほど離れていない本宅が被害にあい、犯行も同じく、ピョートルのコレクションが盗まれた。

今回は最初の妻から贈られた油絵が盗まれたらしく、さすがにもうピョートルはあいつだとは言わない。意気消沈して、倒れる寸前になり、病院で点滴を打ってもらっている。

ここまで来ると、映《あきら》と雪也《ゆきや》には少なくとも二つの法則が明らかに見えてきた。

「絶対にコレクションを狙《ねら》うんですね……それ以外に興味がない」

「それと、ピョートル本人が愛人の家にいるときだよな。三回ともそうだった」

二度あったことが三度あれば、それはもう次も確実に同じことになるだろうと予測せざるを得ない。

一体誰が何のためにやっているのだろう。普通に考えれば美術品を売りさばき金を入手するためだろうが、なぜピョートルばかりが狙われるのか。そしてなぜいつも彼が愛人の家にいるときなのか。

屋敷が何となく重い空気になり、映と雪也は少し外の空気でも吸おうと、モスクワの中心部にあるグム百貨店までやってきた。

赤の広場に面した高級デパートで、見ているだけでも楽しいしロシアの土産《みやげ》は大概ここで揃《そろ》えることができる。

美術館さながらの館内を見て歩きながら、そういえば家族への土産を何も考えていなかったと気づき、まだ帰るまでに日数があるが吟味してみようと高級食材売り場などに足を運んだ。

「そういえば雪也、家族にはロシアに行くって伝えてきたのか?」

「いいえ、出国するときには何も言いませんでしたが、彼の件を報告するときに教える形になりました」

「へえ、マジか。いきなりロシアから連絡来たら驚いただろ」

ないらしい。

「そうですね。龍二《りゅうじ》には『ロシアで何やってんだ』って驚かれました」

雪也は実家を離れているので、いちいちどこに行くだとか行き先を伝えているわけでは

「でもバレたんならやっぱ土産買わないとだろ？」

「ええ……そんなもの買いませんよ。買ったことないですし。向こうも期待してないでしょう」

「えっ、雪也んちってそうなの？　俺なんて実家にいた頃は毎回どこか行く度リクエストされてたけどなぁ」

今回も、父には酒の肴《さかな》になるもの、母と妹には甘くて美味《おい》しいもの、兄にはロシアっぽいものなどを頼まれている。

拓也《たくや》にはマトリョーシカや大統領Tシャツなどを与えておけばいいとして、両親や美月《みつき》はなかなかのグルメなので一度購入して自分の舌でも確かめないといけない。

「あ……っと。キャビアとかイクラって日本に持ち込めるんだっけか？」

「量の制限はありますが基本的に大丈夫ですよ」

独り言のつもりが、近くにいた他の客が日本語で答えてくれる。

ありがとうとお礼を言おうと振り向いて、映は凍りついた。

「こんにちは。また会いましたね」

「え……、ま、また……？　嘘《うそ》……」

サンクトペテルブルクにいたはずの日永《ひなが》が、グム百貨店の食料品売り場にいる。

さすがに自分の頭がおかしくなったのではと思い呆然《ぼうぜん》としていたが、棚の反対側を見ていた雪也がやってきて、同じように固まった。

「どうしました、映さ……」

「久しぶりだな、龍一《りゅういち》。元気だったか」

雪也にも日永の姿が見えているらしい。ということは、これは自分の錯覚ではない。現実の日永が自分たちの前に立っているのだ。

雪也が硬直していたのは一瞬で、すぐに素早く映を自分の背後に隠した。みなぎる緊迫感に日永は両手を上げて笑っている。

「おっと……ここで騒ぎを起こすのは得策じゃない。そうだろう？」

「……あなたは……一体何を企《たくら》んでいるんですか」

「何も企んじゃいないさ。言っておくが、私はお前たちよりずっと早くからロシアにいるんだからな。お前たちの存在の方がイレギュラーということだ」

「それではなぜサンクトペテルブルクで映さんに接触を図ってきたんです」

「懐かしかったからさ。それだけだ」

明らかな偽りだ。そんな偶然など有り得ない。

しかしこの調子では雪也がどれだけ問い詰めたとしても、はぐらかされるばかりだろう。だがこんなに人が多い場所で騒ぎを起こしてはすぐに警察を呼ばれてしまう。ピョートルの家はただでさえ盗みが何度も入って厄介なことになっているのに、これ以上自分たちが迷惑をかけるわけにはいかない。

「ああ、そういえば……お前たちが滞在中のダヴィドフ氏のお屋敷に、立て続けに賊が入っているそうだね」

おもむろに日永自ら事件のことを口にする。

しかしピョートルは家の体面を重んじて表沙汰《おもてざた》にはしていないはずで、それをなぜ日永が知っているのか。

雪也は警戒を解かずに問いかける。

「調べているんですか……俺たちのことを」

「というよりも、あんな有名な家のことだからな。知れ渡っているよ。人の口に戸は立てられない」

「あなたがこの件に噛《か》んでいるんじゃないんですか」

「盗みね……。確かに、ダヴィドフ氏のコレクションは魅力的ですが、私が盗みをやるならば、あなたの襖絵《ふすまえ》が完成した後にしますよ」

日永の穏やかな眼差《まなざ》しが映を見る。心臓を掴《つか》まれたような衝撃が走った。

（この男……一体何でここまで知ってる……？　何の目的で……）

襖絵のことまで知っているのであれば、それはもう綿密にこちら側の事情を調べ上げたということだ。ピョートルは周りの親しい者たちにしか襖絵の件は伝えていないだろうし、映は家族の他は誰にも教えていない。雪也も同様だろう。

そして、この広いロシアで二度も偶然を装って接触するその意図がまったくわからない。ひとつわかることは、こんなにも緻密《ちみつ》な調査は決して日永一人だけではできないということだ。

確実に、この国でも日永は裏の組織に通じている。

「ああ、長々とすみませんでした。お買い物の邪魔をしてしまいましたね。失礼……」

日永は適当なところで軽く会釈をし、颯爽《さっそう》と立ち去った。

雪也は映を置いて追いかけることもできず、辺りを警戒しながら、その後ろ姿が消えるまで視線を離さなかった。

「あの人……不気味過ぎる。まさかまた現れるだなんて……」

「俺たちに何か揺さぶりをかけるつもりなんでしょうか。本当に得体が知れない……」

ようやく体の力を抜き、雪也は軽く頭を振って髪を掻《か》き上《あ》げる。

映は二度目の遭遇だが、雪也にとってはあの事件以来の再会で随分と久しぶりのはずだ。

「なぁ、こっちでもヤクザやってんだろ、あの人」

「多分そうなんでしょうね。灰原《はいばら》さんの紹介かもしれないし、元々自らのルーツを生かして根を張っていたのかもしれない。……ああ、こちらの方が可能性は高いかな……あまりに何もかも用意周到な人だから、計画もずっと前から立てていただろうし、実行した後は、どうせ高飛びする気でいたんだろうから……」

雪也は独り言のようにブツブツと呟《つぶや》き、自分の考えに沈んでいる。

すでに買い物という雰囲気ではなくなってしまった。エルミタージュ美術館のときと同じだ。まさかサンクトペテルブルクからモスクワにまで移動してくるとは思わなかった。日永の本拠地は一体どこなのだろうか。

雪也の頭も日永のことでいっぱいなのだろう。映が話しかけても生返事である。

（俺だって一応嫉妬《しっと》はするぞ、雪也……）

以前も日永のことで嫉妬をしたのを思い出す。映の知らない雪也の過去の日々。それをあの男は間近に見て何もかも把握しているのである。

どんな美女だろうが美男だろうが嫉妬などしない。けれど、決して映が手に入れられない雪也との日々を生きた者たちには嫉妬する。

そしてこれは永遠に解消されない種類のものだ。過去には戻れない。せめて今と未来の日々を雪也といることでそれに対抗することしかできない。

（俺も幼稚だなー、ほんと……ロシアにまで来て……）

自分の知らない雪也の過去を知っている者たちなど消えてしまえばいいと思うことすらある。

こんなにも嫉妬深い自分を「嫉妬してくれない」などと言う雪也は可愛《かわい》い。この心の底にあるものを見ても、彼は受け入れてくれるのだろうか。

＊＊＊

昼頃、セルゲイから再び連絡が入った。

こちらもサンクトペテルブルクの家と本宅で盗まれたものの情報を伝えたいところだったので都合がいい。日永がモスクワにいるとわかった以上、できるだけ早く調べを進めなくてはいけない。

「あれ？　出かけんの？」

出かける準備をしている雪也に、映が少し不安げに声をかける。

「はい。多分すぐに戻ります」

「……危ないことすんなよ」

「大丈夫ですよ」

昨日、二度目の遭遇があったばかりだ。雪也が色々調べていることは知っていて、実家のツテもあることを気にしているのか深くは聞いてこないが、やはり異国の地で相棒が一人で外をうろつくのは心配なのだろう。

強く抱き締め、熱いキスをしてから、雪也は離れを出る。

日永が最後に言っていたことは未《いま》だに頭から離れない。

『お前はいずれ、必ず極道の世界に戻る』

『忘れるなよ、龍一』

(忘れようったって忘れられるわけねぇ)

あの予言めいた言葉は不吉な気配を纏《まと》って常に雪也の頭の片隅にある。

日永は誰よりも雪也を理解していた。そしていつでも適切なアドバイスをくれた。

一時期は日永の言葉が天啓のように思え何でも聞き入れていたし、相談ごとはいのいちばんに日永にしていた。

けれど、その全面的に信頼していた男のことは、昔からほとんど理解できないままだった。

(だから今でもあの人の行動が読めない……思考が読めない……。あの人は俺を嫌というほどわかっているだろうから、仕掛けるならばそれを見越して計画を立てているはずだ)

まさかこの異国の地で再会するとは露ほども思っておらず、雪也は敗北感に打ちのめされている。日永のルーツは知っていたはずなのに、少しもそんな予測ができなかった自分が情けない。

そんなことを鬱々《うつうつ》と考えながら指定された場所へ到着する。

今回は前のような繁華街のカフェではなく、寂れた裏路地である。目印だというストリートの名前を確認し薄暗い袋小路《ふくろこうじ》へ入ると、セルゲイと名乗る男が先に来て待っていた。

「セルゲイ……」

男の背中に向かって呼びかけると、彼はビクリと震えた。

(おかしい)

瞬時に異変を察知する。

男は振り向こうとする。その一瞬先に雪也が弾丸のように飛び出す。

振り向きざまに懐から抜かれた銃。指をかける前に、雪也の手刀が男の手首を打つ。

「うあっ……」

「何やってんだ、あんた」

落ちた銃を蹴《け》り飛《と》ばし、雪也は男の腕を背中側に締め上げた。

一秒あるかないかの間の出来事だ。

男は青ざめた顔を歪《ゆが》ませ、震えている。

「すまない……」

「何があった」

「探りを入れていたのがバレたんだ……あんたを殺せと命じられた」

「でなければ自分がやられるか」

男は小さく頷《うなず》いた。雪也は僅《わず》かに腕の力を弱めるが、拘束は解かない。

「どこまでわかった」

「やはり盗品が流れている。確認した。まだ売りに出されてはいないが」

「ほとぼりが冷めた後には確実に出るんだな」

「ああ……」

「誰が流した」

「そこを探っている最中だった……」

雪也は舌打ちする。肝心なことがわかる前に下手を打ったということか。

「他に何か気づいたことは」

「……最近地下競売に関わる組織のうちのひとつに、見ない顔が加わった。見てくれはアジア人だが国籍はわからない。ロシア語を喋《しゃべ》っていたしな」

アジア人——雪也は唸《うな》った。

ロシアは多民族国家だ。外見だけならばアジア人に見える人間は、ここには大勢存在する。日本人かどうかは特定できない。日永は恐らくロシア語を喋ることも可能だろう。

「そいつの身なりは」

「随分、洒落《しゃれ》ている……と思った。身長はあんたよりは低い。若く見えるが四十は過ぎてる。それくらいだ。何度も見たわけじゃない」

最近という時期と外見から判断すれば日永である可能性が高い。断定するには情報が足りないが、そこまでわかれば十分だろう。

ピョートルの家に侵入したのは予《あらかじ》め計画されたプロの犯行であり、盗品は地下競売に流されている。そして恐らくその組織には日永が関わっている。

「あんた、俺のことを喋ったか」

「詳しくは喋ってない……喋りようがない。俺にだってあんたが誰かという情報は知らされてないんだ。けど、命令通りあんたを殺せなかった。もう戻れもしない」

「どうするつもりだ」

「ロシアを出る……それしかない」

先程の動きからすれば、この男はただの情報屋で殺しの訓練を受けたわけでもなければ、その経験もないだろう。

それならば逃げるしかない。ツテはあるのだろう。

雪也はいくばくかの金を握らせた。

「わかった。行け」

「すまない……」

男は解放されると、脱兎《だっと》のごとく逃げ出した。雪也もここに長くいるのは危険だ。

素早くその場を離れながら、雪也はここまで完全に日永の計画通りなのではないかとはたと気づく。

さっきの男は情報屋だ。雪也の実力を知っている日永には、あの男に殺しなど上手《うま》くできないことはわかっているし、雪也の行動も読んでいるだろう。

(本気で俺を殺す気なら、あの情報屋は俺のことを聞き出した後その場で始末し、俺には殺し屋を向かわせる……)

からかわれた。そうとしか思えない。

雪也は舌打ちし、自分が次に何をすべきか考える。ひとまず実家へは連絡した方がいいだろう。日永がすでにロシアの組織に属しているとなれば、こちらも迂闊《うかつ》に手出しはできなくなる。しかし、居場所がわかればそれは収穫だ。行方不明だった日永がこの国にいて組織に籍をおいているのなら、今後探し回る手間が省ける。もちろんまたどこかへ消えてしまうかもしれないので見張りはつけておくだろうが。

(映さんの仕事についてきただけだったのに……とんだものまで摑んじまったな)

もしかすると、日永の言っていた『お前たちの存在の方がイレギュラー』という部分は本心なのかもしれない。まさか自分の潜伏先のロシアに映と雪也がやってくるとはさすがの日永にも予測不可能だっただろう。
一体どこまでが偶然なのか——常識の範疇《はんちゅう》だけではなく、映のとんでもないレベルのトラブル体質も加味して考えるべきなのかもしれない。

＊＊＊

「さあ、どんどん運び込んでくれ。いいか、素早く、しかし慎重にだぞ」

翌日、朝からルブリョーフカのダヴィドフ家は非常な騒がしさになった。

運送業者が後から後からやってきて、地下室に荷物を運び込んでゆく。

あまりの騒々しさに、また何か起きたのかと慌てて起きてきた映と雪也は、唖然《あぜん》としてその光景を眺めている。

「一体何の騒ぎです、ピョートル」

「なぁに、もうコレクションを盗まれんように、方々の家からここに運び込んでいるんだ。地下室は元々万が一のための避難場所と考えて広く造ってあったが、それが幸いした。ひとまずはギャラリーになどと生ぬるいことは言わずここに保管しておくことにするよ」

「なるほど……それはいい考えですね」

映は頷きつつ、これは数日間この騒々しさが続くだろうと考えてげんなりする。なぜならばピョートルの家はこの広いロシアにいくつも点在しているのだ。そこからすべてのコレクションを集めるというのだから、時間がかかるだろう。

一度行動を決めた後のピョートルの動きは早い。朝食の席につきながら、これからの計画を色々と話し始める。

「少しコレクションの数を減らすことにしたんだ。到底ひとつの場所に入り切らないということもあるが、私も還暦になるし、家族には誰も芸術を解する者がいないのでね。所有するに相応《ふさわ》しい友人たちのところへ少しずつ譲ることにした」

「本当ですか、ピョートル……あなたがそんな決断をするなんて」

「龍一、言いたいことはわかるよ。私も考えたんだ、まず美術館を造ってそこに置いておくのもいいだろうとね。しかし、盗まれて初めて気づいたんだが、私は私の好みと価値観でしかものを集めていない。だから、『なぜあんな金にならないものを盗んだんだ』などと考えた。もちろん、非常に歴史的価値のあるものも混在しているがね」

確かに、英里《えり》が乗り込んできた理由だった掛け軸も、マニアにとっては価値のあるものだが、一般的にはそれほどでもないというようなことを言っていた。

「だから、そんな私の個人的趣味のものを披露したところで、特に話題にはならないだろう。私は自分の趣味に関しては対価など気にしないが、美術館となるとビジネスにもなってくる。そうするほどのものを持っているだろうかとね、考えてしまうんだ」

「なるほど……あなたらしいと言えばあなたらしい」

「それと、もう女の家に泊まるのはやめにするよ」

この驚くべき発言に映と雪也は揃って「えっ」と声を上げてしまう。

それを見てピョートルは赤ら顔を緩ませて大笑いした。

「おいおい、そこまで驚くことかい」

「だって……ねえ、映さん」

「お、俺に振るなよ。いや、その……びっくりしました。本当にいいんですか」

「というか、楽しめんのだ。今までのようにはな」

ピョートルは一気に歳《とし》をとったような疲れた顔で、無精髭《ぶしょうひげ》の生えた自分の頬《ほお》を撫《な》でる。

「女の家に向かおうとすると、大切な美術品たちを盗まれたことが頭をよぎる。こんな私でも三度もそんな目にあえば、どうやらトラウマのようになってしまったらしい。パブロフの犬というのかね。条件反射的に、心が苦痛を覚える。女と喪失が結びついてしまっているんだ」

ピョートルの言う通り、三度の盗みはどの夜もピョートルが愛人宅に泊まっているときだった。そうなるとさすがに多情なこの男も欲が失《う》せてしまったようである。

その意外過ぎる決断に初めは驚いていた映だったが、ふと考えた。

(もしかして……この計画を企てた人物は、ピョートルのこの決断を待っていた……?)

ピョートルが愛人の家に泊まる度に、彼の最も大切にしているものを奪う。それを連続して続けることで、ピョートルの中で愛人の元へ行くことが宝物の喪失とイコールになり、女遊びができなくなる。

(ずっとふしぎだった。なぜ、愛人の家に泊まるときばかり盗みが起きるのか。犯人はコレクションのみを目的としていたから、俺は単純に自分なりの美学のある人物で、様式美を貫いているだけかと思っていたが……)

だからこそ、日永か、ピョートルの周囲の人物で、彼のコレクション目当ての好事家かなどと考えていた。しかしここに来て潮目が変わった。そうなると、容疑者は自然と絞られてくる。

犯人の目当てはコレクションではなかった。その人物はピョートルにこの行動をとらせたかった。そうすることで得をするのは誰なのか。

現在の妻のゾーヤか? 未《いま》だ元夫に執着する英里か? それともまだ見ぬそれ以前の妻か? もしくは、子どもたちか?

それとも、まさか——。

「はあ……久しぶりに日本へ行きたいよ。美しいフジが見たい。私のフジ……今こそ私は日本に癒《い》やされたいよ……」

女への欲求を失った途端、侘《わ》び寂《さ》びに傾倒し出家しそうな勢いである。

萎《しお》れて人相まで変わり果ててしまったピョートルを眺めながら、映は自分の馬鹿《ばか》げた、しかしほとんど確信に近い推理にため息をついた。

＊＊＊

愛人宅へ通うのをやめたピョートルだったが、一方息子のバルはまだ諦《あきら》めるつもりはないようだ。雪也にあからさまな場面を見せつけられたというのに、とても逞《たくま》しい。

「ねーえ、映ー。もうずっと絵描《か》いてばっかりじゃん。ちょっと遊びに行こうよぉ」

「だめ。今いいのが浮かびそうだから詰めてるの。大人しくできないなら出てってよ」

「やだ！　じゃあ静かにしてる」

一度すべて打ち明けたせいか、何も取り繕うものがなくなり、子どもの頃のように映にまとわりついている。一応側には雪也もいるのだが、まったく意に介していない。

バルは文句を言いつつ、畳の上で寝転びながらスマホのアプリで遊んでいる。大学に行かなくてもいいのかと聞いても、「どうせ行かなくても卒業できるから平気」などと返ってくる。金持ちのドラ息子そのものである。

「あーあ。映と色んなところに行きたいのになぁ。美味しいもの食べたりさ、綺麗《きれい》なもの見たり……」

「俺は仕事してるから龍一と行ったらどう」

「は？　何で俺なんですか……」

「俺だって嫌だよ！　可愛い映を連れて歩きたいのに、何でこんなおじさん連れてかなきゃいけないの」

「おじ……」

十代の若者からすれば三十代は十分おじさんだろうが、面と向かって言われると雪也でも多少ショックを受けるらしい。というか映もアラサーなのに、少しの年齢差でこの扱いの違いである。単純に見た目の問題なのだろうが。

「絶対俺の方がいいのに……将来有望だしどこもかしこも元気だし……」

「バル君は経験が足りませんよ。そればかりは『おじさん』の俺には敵《かな》いませんせん」

「俺だって経験あるし！　同い年の連中に比べたらずっと多いよ」

「俺も君くらいの歳ではそう思ってましたよ。しかし世界は広いんです。自分が未熟だと知ることもまた経験のうちですよ」

「え、何か説教されてる……俺、子どもじゃないんですけど？　一応あなたの恋敵なんだからね！　龍一さん」

何やら言い争いを始めたとき、バルのスマホが鳴った。画面を見て、バルは面倒くさそうに立ち上がり部屋の外へ向かう。

何やらロシア語で会話している。親しげな様子なので、もしかするとずっと放置しているらしいガールフレンドだろうか。

少し喋って、「パカパカー、マーシャ」と言い、バルは通話を切った。

「ちょっと呼び出し食らっちゃった」

「丁度いいじゃん、暇そうだったし」

「暇じゃないよぉ！　映の側にいたかったのに……あーあ、仕方ねぇなぁ」

バルは心残りをありありと顔に浮かべながら、渋々離れを去っていった。

絡まれていた雪也は見るからにホッとした様子である。

「彼女にでも呼び出されたんでしょうか」

「いや……多分、マリヤじゃねぇかな」

何となくそう返すと、雪也はえっ、と面食らった顔をする。

「マリヤ……？　どうしてわかるんです？」

「最後に『マーシャ』って言ってたじゃん。あれってマリヤの愛称なんだ。パカーっていうのはまたねみたいな意味だろ。だからこれから会うんだよ」

「映さん、ロシア語聞き取れるんですか」

「少しだけだよ。早口だとわからないし。だってピョートルたち結構頻繁にうちに来てたし、ちょっとは話せたらいいなと思って一時期勉強したんだ。でも、なかなか使う機会なくてさ。辛《かろ》うじて日常会話くらいは聞き取れるようになったけど、喋る方はまだまだ」

「それ……バル君は知ってますか」

「知らないと思うよ」

映はいたずらっぽく笑う。昔少しだけ勉強したものが、こんなことで役に立つとは思わなかった。

家を出てピョートルたちとは遠ざかっていたので、今までほとんど忘れかけていたが、さすがにロシアに滞在してロシア語ばかり聞いていれば徐々に思い出す。

自分でも思うが、映は環境に馴染《なじ》むのが得意だ。もし本気でロシア語を学ぼうと思ったら、留学していれば恐らく上達は平均よりかなり早いだろう。

「しかし、マリヤですか……異母姉か同名の別人か……」

「どうだろうな。でもあいつさ、マリヤのことあんま好きじゃないって言ってたじゃん。もし今の相手があのマリヤなら、愛称で呼んで、親しい相手にしか使わない言葉で喋ってたのおかしいよな」

「それじゃ、仲が悪いというのは嘘……？」

「かもしんねぇ。どうしてそんな嘘つくんだろうな？」

「仲が悪く見せる必要があった……」

二人は見つめ合う。恐らく考えていることは一緒だ。

「仲がよくないのは他の兄弟たちとも、と言ってましたよね」

「ああ。ピョートルが、一人っ子でワガママに育てたからと言ってたが……本当はそうじゃないかもしれない」

「この家は個人個人が自由ですからね。恐らく互いを欺くことは容易です。特にピョートルはほとんど家にいない。愛人宅や別の自分の家にも行きますし」

「ピョートル以外、もしかしたら家族全員が繋《つな》がっているのかもしれない。別れた家々の人たちとも」

「じゃあ、今回のことは……ひょっとすると」

雪也の問いかけに映は頷く。

「俺はそうじゃないかと思ってる。ピョートルが愛人の家に行くのをやめたと聞いたとき、もしかすると、これが本当の目的だったんじゃないか、ってな」

「突拍子もない推理ですが……有り得ますね」

映は鉛筆を置き、時計を見た。雪也も察して腰を浮かす。

「現場、押さえますか」

「ああ。時間と場所は一応聞き取れた。この後変更がなけりゃそこに行くはずだ」

「もしバル君がこれから会うマーシャが姉のマリヤだったら……」

「その場で話を聞いた方がいいな」

映はバルを追うため、着物を脱いで洋服に着替えた。

モスクワの街は映たちが到着したばかりだった頃に比べ、雪もほとんど消えかけ、ようやく春らしい暖かさが訪れ始めている。

端末で場所を確認し、電車を乗り継いで目的地へ向かう。モスクワの地下鉄のホームはその場所自体が宮殿のように美しい。ソ連時代にシェルターも兼ねて造られた地下鉄は長いエスカレーターで深くまで下り、そこは華麗なシャンデリアやモザイク画などで彩られ、日本の無機質で機能的な地下鉄とはまるで別物である。

バルたちは若者であふれるカジュアルな雰囲気のレストランで少し遅めのランチを楽しんでいるようだった。

傍《はた》から見れば、輝くように美しいバルと妖精《ようせい》のように可憐《かれん》なマリヤは素晴らしく似合いのカップルだ。

映たちが歩み寄ると、まずこちら側を向いているマリヤが気づいた。

「え……あなたは」

「どうしたの、マーシャ……」

マリヤが目を丸くしているのに首を傾《かし》げて振り向くバル。

そして映たちを認めた途端、飛び上がりそうな勢いで驚いた。

「映⁉　な、何でここに⁉」

「ごめん。電話で話してたの、ちょっと聞き取れたから」

「嘘……映、ロシア語わかるのかよ」

バルは啞然としている。やはり完全にわからないと思って平気で映の前でマリヤと喋っていたらしい。

映は「隣座っていい？」と一応話しかけ、頷くしかない二人の横の椅子《いす》に腰掛けた。バルは驚きが未だ冷めやらず、目を白黒させている。

「なぁ、バル。こんな風に食事してるけどさ、マリヤさんとは仲悪いって言ってなかったっけ」

「え？　えっと……言ったっけ……ちょっと覚えてないけど」

「そういう風に見せたかったんでしょう？　違いますか」

二人に畳み掛けられて、バルたちは互いに顔を見合わせ、困惑している。

「ど、どうしてですか。私たち、姉弟ですから会うのは普通でしょう」

「そ、そうだよ、ただ、その……姉ちゃんと仲よくしてるのが何か恥ずかしくて、あんま言わなかっただけで……」

「もうそんな幼稚なこと言う歳じゃないだろ。まあ、聞いてよ。俺たちもそれなりにこれまでのこと色々考えてさ。推理してみたんだけど……」

映はバルとマリヤに自分の考えを語って聞かせた。

盗むタイミングの違和感。盗品の選別。導かれた結末。

「それと、ずっと疑問だったんだ。ピョートルは最高のセキュリティシステムで家を守ってる。侵入された回数が重なれば尚更《なおさら》だ。それなのに、呆気《あっけ》ないくらい簡単に賊は屋敷に入って目的のものを盗んでいった。家の者にも気づかれない、ガードマンにも見つからない、あまりにも完璧《かんぺき》なタイミングで」

「そうですね。プロの犯行だったとしても、あまりに上手くいき過ぎている。プロだからこれだけやれるというのなら、これまでにもピョートルの家は何度も盗みに入られているはずですし」

「そして盗み出すプロセスもスムーズ過ぎる。まるでその家に住んだことがあるかのように、部屋の位置、ものが置いてある場所が把握されてる。しかも、ピョートルが気に入っているものばかりを盗み出した。それがたとえ世間的にはさほど価値のないものでも、だ。彼の好みを把握していないとできないことだよな」

「つまり……家の者が協力していた、と言いたいんですか」

マリヤは血の気のない顔を更に白くして呟く。

「そんな馬鹿なこと、いくら何でもしません。犯罪者を家の中に招き入れて盗ませるだなんて……一体何のために」

「そう、その『何のために』というところです。ピョートルは稀《まれ》に見る精力的な人ですよね。あの歳で方々に愛人を作っている。これまで四人の妻を娶《めと》り、六人子どもを生《な》した。けれどこの調子では、まだまだ増えそうですね。後から後からコレクションを買い集め溜《た》めていくように、関係する女性は際限なく増える。最後の子どもはピョートルがいくつのときに生まれるんでしょう？」

雪也の言葉に、バルもマリヤも何も反論せず黙り込む。映は追い打ちをかけるように続ける。

「年齢で落ち着くことはこの分ではちょっと考えられない。愛人の方に交渉して関係を断たせたとしても、別の愛人ができるだろう。このままではまた離婚、結婚と、家族関係はどんどん複雑になっていく。すでに何らかの問題が出てきているんじゃないか？　遺産のこともあるだろう。数が多ければ悪い女に当たる可能性も高くなる。それでちょくちょく面倒なこともすでに起きてるんだろう。だけど、ピョートルの女性関係はライフワークのようなもので止めることはできない。しかし、同じようにライフワークである芸術品のコレクションとぶつけてみたらどうなるか。このアイディアは素晴らしいと思う。最初に考えついたのは誰なんだ？」

滔々《とうとう》と推理していく映に、バルは深々とため息をつく。

「……はぁ。思い出した。映は探偵だったんだよな」

マリヤは信じられないというように映を見つめた。

「え……あなた、探偵なの？」

「まあ、一応。でも誰かに調べてくれと頼まれたわけじゃないよ。世話になってる家に起きている事件だし、何となく推理していたら、こういう結果になっただけで」

「何、こういう結果って」

「犯人はピョートルの家族全員なんじゃないかってこと」

マリヤは困惑に揺れる瞳《ひとみ》で弟を見た。バルは首を横に振って肩を竦《すく》める。

「言ってることはわかるけど……証拠、ないよね」

「あると言ったらどうしますか」

雪也が口を開く。

「盗まれたものは地下競売でさばかれるようです。すでにそこにダヴィドフ家からの盗品があることを確認しています。そこに流すのに協力したのが誰と繋がっているのかも」

映は黙って聞いている。雪也が一人で何か調べているのはわかっているが、その内容はまだ詳しく聞いていない。けれど、恐らく部分的にハッタリもあるだろう。ここまで言わなくては、この二人は口を割りそうにないからだ。

テーブルにしばし石のように硬く重い沈黙が訪れる。

やがていつまでもそうしていられないと諦めたのか、バルは顔を上げて映に向かって首を傾げた。

「映、ロシアって初めてだったっけ」

「ああ、そうだよ」

「うーん……すげぇ。何でロシアに来たばっかりなのにそういうことわかっちゃうの？さすが探偵だなぁ……」

バルは感心したような、半ば呆れたような苦笑いをする。マリヤは険しい目でバルを睨《にら》みつける。

「ちょっと、バル……」

「だってさ、ここまで調べられてたら、もう無理じゃね、マーシャ。諦めた方がいいよ」

「だって、そんな……それじゃ、私たち……」

「あの、最初に言っとくけど、別に警察に言うとかじゃないからね」

深刻な空気になっている二人に、慌てて付け加える。

「断罪しようってわけでもない。大掛かり過ぎるけど、つまり家族間の問題だろ。他人の俺たちがどうこうする気はなくて、ただ真実が知りたいだけだからさ。そんなこの世の終わりみたいな顔しなくていいよ。もちろん、これ以降もうやらないって言ってくれればの話だけど。普通に犯罪だからね、身内のことと言ってもさ」

正直に言えば最も気になることは日永なのだ。彼ら家族の問題ではなく、もしも日永と繋がる何かがあるのならそこが知りたい。バルたち家族の問題よりも、よほどこれから先影響することだ。

バルとマリヤは顔を見合わせてどうすべきか迷っていたが、ついに映の言葉を信じたようだった。

「うん、わかった……映は昔からの付き合いだもんね。信じるよ。何より、俺の映だし。映の頼みなら、もうしない」

「何？　バルったら。まだ諦めてなかったのね、日本のうさぎちゃん」

マリヤはバルが映に夢中なのを知っているらしい。日本のうさぎちゃんという表現が気になるが、やはりそんなことを話すほどこの二人は仲がいいのだ。

「二人が親しいってことは、英里さんが掛け軸を返せと乗り込んできたとき、ゾーヤと一触即発だったけど……あれも演技？」

「当然よ。私たちが結託してるって思われないために、仲が悪いって印象づけるための演出。あの人たち本当に仲がいいのよ。一緒に旅行に行くくらい」

「旅行ですか。それをピョートルは知らなかった……？」

「すでに関心のなくなった妻が何をしているかなんてどうでもいいんじゃないかな。どうせ男と遊んでるんだろうくらいにしか思ってなかったと思う」

そうすると、ピョートルは本当に自分の家族のことを表面的にしか把握していなかったことになる。自分以外の家族全員が親しいと知ったら、彼はどんな顔をするのだろうか。

「じゃあ今回のことも皆で計画を？」

「最初は、英里さんの知り合いが軽く提案してきたんだ。少し元夫の愚痴を話したらさ、それじゃ心理的にもう愛人を作れないようにしたらいいんじゃないか、って」

「まあ、もう別れた旦那《だんな》の愛人心配するのもって感じだけどね。マーマはこれ以上不幸な女性が増えて欲しくなかったし、そのうちパーパが本当に悪い女に騙《だま》されるんじゃないかって不安だったの。ゾーヤは今じゃ仲よしだし、カミラもビクトリアも……前の奥さんたちね。時々集まって情報交換してた。ビクトリアは再婚していて今度の夫も実業家でよく話を聞くみたいなんだけど、女で失敗する同業者も多いって話を聞いてますます心配になったみたいで。現に今までの愛人の中でヤバい女もいたのよ。パーパの会社のひとつを乗っ取ろうとしてね……」

「ち、ちょっと待って。さっきのバルの話に戻るけど、その、英里さんの知り合いって誰なの？」

延々と妻たちの情報が続きそうになって、映は思わずストップをかけた。今回のことは家族の誰かが考えたのではなく、外部からの入れ知恵だったのか。

マリヤの話の途中だったので、バルは最初何のことかとぽかんとしていたが、ああ、と話した内容を思い出しそこに戻る。

「英里さんの知り合いのこと？　彼女がロシアに来てからお世話になってた人の孫で……孫って言っても、英里さんと同い年くらいみたいだけど。彼が年末辺りにロシアに引っ越してきたんだ。これまでも数度ロシアに来てたみたいで、それで英里さんとは昔から知り合いで。とうとうこっちに落ち着くことにしたみたい」

「その人、ロシア人なの？」

「ううん、日本人だよ。おじいちゃんはこっちの人だから、ロシアの血も入ってると思うけど。だからね、父さんのコレクションを盗む計画は今年の初め辺りから考え始めてた。映たちを呼ぶことを決めたのは父さんだし、巻き込んじゃうかもって思ったけど、今更変更もできなかったんだ」

映は雪也を見た。雪也は剣呑《けんのん》さを表に出さないよう努力しているが、一瞬空気が緊張するのはどうしようもない。

(日永……唆《そそのか》したのは本人だったか。主犯じゃねぇか。関わってるどころじゃねぇ)

英里と昔からの知り合いならば、この計画は最初から映と雪也が関わることを前提として立てられたものではない。そもそも今年の初めから計画は動き出していた。ピョートルが映か一馬《かずま》に襖絵の依頼をしようとしたのは彼の独断で、関わりのないことだったのだ。

まさしく偶然。恐ろしいトラブル体質。

日永自身も映たちがダヴィドフ家にやってくると知ってさぞかし驚いたことだろう。

「だからせめて映たちがいない家で計画を実行しようとしたんだ。父さんがサンクトペテルブルクに行くって言い出したのは突然だけど、前から連れていきたいとは言ってたからね。それでそこをスタートにして実行に移した」

「あのプロの盗みの集団を使ったのは、その英里さんの知人なんですよね？　どうして彼にそんなツテがあるんです」

バルは詳しく知らないようでマリヤに視線を送る。マリヤも少し首を傾げたが、やがて身を乗り出し声を潜めた。

「マーマにちゃんと聞いたわけじゃないんだけど、彼のおじいちゃん、つまりマーマがお世話になってた人ね。その人が元ＫＧＢらしいの。それで……まあ、多分よくある話なんだろうけど、犯罪組織と癒着してたっぽいのね」

「警察とヤクザの……ってやつですね。日本でも耳にはします」

自分の実家のことはしれっと隠しながら同意を示す雪也。マリヤは頷き話を続ける。

「それで、今回協力してくれた彼……どうやら日本にいられなくなってロシアに流れてきたっぽいのよね。そういう人だから、おじいちゃんのツテもあってそういうところに入ったんじゃないかな……」

「こう言っちゃなんだけど、家の中のもの盗ませるのに、随分怪しい人物に頼んだんだね。怖くないの？　ただ協力してくれるだけとは限らない。彼らは今後それをネタに強請《ゆす》ってくる可能性だってあるのに」

「それは多分大丈夫。マーマと彼のおじいちゃんは本当に家族みたいな関係だし、私も小さいときからすごく可愛がってもらってる。彼もマーマと昔からの仲だから。いつも困ったら助け合うファミリーだもの」

迷いなく言い切るマリヤだが、そんなにあの男を信頼していいものなのだろうか、と映は思ってしまう。日永は長年親しくしてきた相手も平気で裏切るのだ。陥れる。そして誰にも本心を悟らせない。

雪也は腕組みをして俯《うつむ》いていたが、おもむろにマリヤに問いかける。

「マリヤさん。あなたはその協力者の男の名を言わないけれど、それは何か理由があるんですか？　それとも、単純に知らないだけ？」

「そりゃ……知らせちゃいけないだろうし、あなたたちだって知らない方がいいと思うわ。そうでしょ？　それとも、もう調べるうちにわかってるのかしら……とにかく、私は言わないわ。それがお互いのためにいいと思うから」

それは裏社会には関わらない方がいいということだろうか。すでにその世界にいる人間が映の隣にいるし、本当は自分たちもその人物の名前を知っているどころの関係ではないのだが、マリヤの気遣いに感謝して頷いておく。

「それと、もうひとつ疑問だったんですが、盗んだものに必ず妻のもたらした品を選んだのはなぜですか？　それで二回目まではピョートルも元妻たちを疑っていましたが……」

「ああ。あれは、一応連帯責任というか……協力者たちのものを盗ませることで等分に支払いを済ませた感じなの。盗んだものはそのまま彼の手で売ってもらうから、その金額が報酬として彼のものになる。だから妻たちも対価を支払ったという体《てい》にしたのね」

自分のコレクションを盗まれたピョートルからすれば、盗んだものの中に元は妻の持ち物だったものがあったとはいえ、そこから支払い扱いになるとは何事だ、と怒り心頭だろう理論である。

競売で得た金がそのまま自分の懐に入るからと日永も計画を進めたのだろうが、何とも奇妙な協力関係だ。マリヤが彼をファミリーだと信頼しているのも、何となく納得がいく。

こんな面倒な計画を実行したのは、やはり相手のためを思っての部分が大きいだろう。英里に悩みを打ち明けられ、斬新《ざんしん》過ぎる計画を持ちかけるのが日永らしいといえばらしいが、彼にとってそんな思いやりをかける相手がこのロシアにいたとは、また途方もない話だ。

日永のことだから、英里を助けるという目的以外にも何らかの目論見《もくろみ》はあったかもしれない。例えば、自分が新しく入った組織に対する手土産になるだとか、そういう算段が働いていてもおかしくはないだろう。

マリヤは深々とため息をついた。すべて話してしまったことを後悔しているのか、一気に疲れ果てたような顔をしている。

「ねえ、本当にパーパに黙っていてくれるの?」

「もちろんだよ。だって話しちゃったら間違いなく家庭崩壊だし、せっかく治まったピョートルの女癖も復活しちゃうだろうし」

「ありがとう、映、龍一。もうこんなことはしないと誓うよ。第一、パーパが行いを改めたのにまた盗みを繰り返しちゃえば、意味がないからね」

マリヤはまだ少し不安げな顔をしていたが、映とてピョートルの家庭を壊すためにロシアまで来たのではない。

懐かしい家族たちに会いに、そして久しぶりに日本画を描く場所として、ピョートルの新たな屋敷を選んだのだ。

(それがまさか、こんな妙ないざこざに巻き込まれることになるとはなぁ……)

職業病というか、気になったから調べただけのことだったが、それがまさか家族ぐるみの壮大な父親の女癖矯正だとはあまりに想定外の結末だった。しかもそれがあの男に繋がっていたとは。

マリヤは何やら言いにくそうに口ごもっていたが、やがて上目遣いで映に話しかける。

「ところで……ねえ、映。私、言ってなかったけど……これって再会なのよね、私たち」

「ああ……うん。マリヤさん、俺の家に一度来たよね」

「ええ、そうなのよ」

映が覚えているとわかって、マリヤはホッとして花の咲いたように微笑《ほほえ》む。

「あんまり昔のことだから、久しぶり、なんて言うのもおかしいと思って……。私はすごく小さかったけど何となく覚えてるのよ、あなたのこと」

「俺はちゃんと、会いたかった、って空港で出迎えたぞ」

「バルにとってはすごく特別な人だったからでしょ！　日本のうさぎちゃんだもの」

「あの……それ、聞いていい？　さっきも言ってたけど……どういう意味？」

バルとマリヤはキョトンとした顔でこちらを見つめ、ああ、と笑い合う。

「うさぎちゃん？　それは愛《いと》しい人っていう意味よ。あと子猫ちゃんとも言うかな。可愛い人、大好きな人、みたいな感じ。まあ普通は恋人に使うけど」

「日本では言わない？　ロシアじゃよく動物に例えるよ。いいことも悪いこともね」

「まあ……言う人もいますね。俺の弟なんかもよく言ってますしね……」

まさしく映を子猫ちゃんと呼ぶ、雪也と同じ顔をした男が存在する。

ロシアでは何か特別な意味があるのかと思ったが、用法は日本と変わらないらしい。

「バルはずっと映をうさぎちゃんって言ってたわ。初めて日本に行ってあなたに会ったときからね」

「ええ!? だって……そのときはバルの方がずっと背も低かったし可愛かったし……どう考えても自分の方がうさぎちゃんだろ」

「俺からしたら昔も今も映はうさぎちゃんなの。だって本当に可愛いんだから！ 俺ほとんど一目惚《ひとめぼ》れだったんだよ」

大げさな言葉を真剣に言うバルに映は笑った。

「一目惚れって……バルは本当に小さいときから来てたから、幼稚園の先生好きになるみたいなもんだろ」

「違うよ！ そういう錯覚じゃなくて本当に好きって思ったの！ ロシアに連れて帰る、大切にするから映ちょうだいって映のお父さんに言って困らせたこともあったんだから！きちんと家に映の部屋を作って、ずっと一緒にいるって決めてたんだから！」

「バ、バル……、わかったからもう少し小さい声で喋ってくれ……」

店内の人々がテンションの上がったバルに何事かとチラチラと視線を投げてくるのを感じる。マリヤは映が慌てるのを見て笑っているし、雪也も顔では笑っているが目が笑っていない。

バルとマリヤは本当に昔から仲がいいらしい。こんな風に互いの恋愛事情をあけっぴろげに話せる姉弟がいることが羨《うらや》ましいとちらりと思う。

映が家出をした後、久しぶりに再会した美月が、映がゲイだと知っていて黙っていたことを後悔したと言ったのを思い出した。もっと色々話せばよかったと。

(今頃美月何してんのかな……アニキ……はどうでもいいけど、母さんと父さん、俺のこと心配してないといいな)

そういえばロシアに着いてからまだ一度も家族に電話を入れていない。没交渉だった時期が長かったので、いちいちそういうことをするのが何となく気恥ずかしかった。けれどそろそろ無事の連絡と襖絵の進捗《しんちょく》くらいは伝えてもいいだろう。

そんなことを考えていたら、少し家族が恋しくなった。

そして、そんな感覚を覚えられる自分に、映は少しくすぐったいような、小さな幸せを感じるのだった。

初夜

数日後、マリヤ経由で日永《ひなが》からのメッセージが届いた。

グム百貨店のカフェで手渡された後、ぜひまた公演を観《み》に来《き》てねとお誘いを受け、彼女はレッスンのために早々に立ち去った。

映《あきら》たちはその場で封筒を開き中身を見たが、メッセージカードが一枚のみで、短い文章がしたためてあるだけである。

『ダヴィドフ氏はいくつかのコレクションを失いましたが、あなたの襖絵《ふすまえ》という新たな宝を手に入れるのですから、十分でしょう。羨《うらや》ましい限りです』

「……本当に、ロシアでも何を考えているんだかわからない人でしたね」

百貨店を出て目の前にある赤の広場をぶらぶらと歩きながら雪也《ゆきや》はぼやく。

広大な広場は観光客で賑《にぎ》わっており、中世ヨーロッパの衣装を着て一緒に写真はどうかと怪しい商売をしている者たちもあちこちにいる。

「結局、ピョートルのコレクションを盗む計画と、俺たちのことは無関係だったんだもんな……世の中すごい偶然もあるもんだ」

「確かに、計画を立てたのは俺たちがロシア行きを決めるずっと前のことですから、このアイディア自体は無関係でしょう。けれど、実行に移すトリガーになったのは無関係とは言い切れないかもしれません」

「え……俺たちがピョートルのところに来るって知ってから、じゃあ丁度いいタイミングだしやろうって話になったってこと？」

「そう考えることもできます。盗賊団を動かすのはあの人ですし、ゴーサインを出すのも彼でしょう。もちろん、内部で手引きするピョートルの家族たちとの兼ね合いはあると思いますが、本当に俺たちに迷惑をかけたくないと思うのなら、映さんの襖絵が完成し、俺たちがロシアを去った後にすると思いませんか」

　確かに雪也の言うことはもっともだ。

　バルは映たちを怖がらせたくないからと、わざと不在の方の家を狙《ねら》って実行したと言っていたが、それはきっと日永がそう言ったままを信じたに違いない。

　盗みの時期が決められているわけでもなし、いくら延期しようが計画の効力に大差はない。それをわざわざ映たちの滞在期間中にやってやろうと考えたのは、日永の意向だったのかもしれない。

「それでわざわざエルミタージュ美術館まで会いに来たり、グム百貨店で声をかけてきたりして、からかってたわけか」

「そこにあの人のどういう意図があったのかまではわかりませんが……遊びだったと考えることも不可能じゃありません。あの人はそういう無駄な余興を入れたがる人です。多分彼なりの美学というか……まあ性格なんでしょうが」

日永が日本で起こした事件で、わざわざ雪也にホステスから暗号のメモを渡させたことを思い出す。あれは正確には何の意味もないものだった。ただ、本当の黒幕というか、影の協力者を示唆した暗号で、それを解いても解かなくても事件の本筋には何の影響も及ぼさない要素だったのだ。

「それで……どうするつもりなんだ？　雪也の実家……」

「エルミタージュ美術館で映さんがあの人に声をかけられた時点ですでに連絡は入れています。もしかしたら誰かしらもうこちらにきて調べ始めているかもしれませんが、彼がロシアの組織に入っていることもわかったので、その連絡も入れました。そうなると……制裁は今しばらく保留でしょう。相手が悪い」

「じいちゃんが元ＫＧＢだったとかも言ってたしな……こっちの事情よくわかんねぇけど、そりゃ日本にいたときよりずっと手出しはしにくいよな」

日本の別の組織に入ったならば筋を通して引き渡してもらうということも可能だったかもしれないが、ロシアの組織ではどうなのだろうか。

雪也が調査を始めたとき実家のツテも使うと言っていたので、ロシアとのパイプはありそうだがどこまで太いものなのかわからない。

（それに、日永には梶本《かじもと》さんもいる……）

映は梶本の穏やかな顔を思い出す。

映のパトロンの一人だった梶本は、実は影の首領《ドン》と言われるほど、裏社会では大物だった。日永は彼の庇護《ひご》を受け、白松組《しらまつぐみ》から逃げ切り、そしてロシアへ渡ったのだ。その繋《つな》がりに未《いま》だに効力があるのかはわからないが、そのことも厄介である。

「まあ……俺はもうずっと前から組の人間じゃありませんから、あまり関わりたくありません。日永さんの方からコンタクトしてくるなら別ですが、今の俺は映さんとのハネムーンを楽しむ一人の男ですから」

「だからハネムーンじゃねぇって言ってんだろうが。仕事なの、こっちは！」

と言いつつ、まだ完成の気配は見えない。ロシアに滞在して二週間が経《た》つが、仕事以外に様々なことがあり過ぎた。

美しい装飾のネギ坊主形ドームで有名な聖ワシリー寺院の前にやってくる。時の権力者に依頼されて造ったであろうこの建築物の設計者は、どのくらい構想に悩んでこれを生み出したのだろうか。

するとまるで雪也がこちらの心を読んだかのようなことを呟《つぶや》く。

「この聖ワシリー寺院が完成した後、イヴァン雷帝はその美しさに感動し、これ以上のものができないよう、設計者の目を潰《つぶ》したという逸話があるそうです」

「うへ……何それ、怖ぁ……」

「でも、俺は気持ちはわかりますよ」

雪也は恐ろしいことを口にする。

「あなたの体を見たこれまでの男の目を、ひとつ残らず潰したいんです」

「あんたが言うと冗談に聞こえねぇ……見ただけで潰すとかここの王様よりひでぇじゃねぇか……」

とぼやきつつ、自分も似たようなことを考えているので雪也のことは言えない。

イヴァン雷帝の逸話が本当の話かどうか知らないが、この美しい存在を自分だけのものにしたかった、という心情は理解できる。

本当は映も雪也を自分以外の誰にも見せたくない。声を聞かせたくない。閉じ込めて自分だけのものにしてしまいたい。

けれどそれでは雪也が幸せになれないとわかっているのでしないだけだ。彼には家族があり、友人があり、彼を慕う大勢の人間がいる。映一人だけのものにしてしまえば、彼らに囲まれて生きる幸福を奪ってしまうことになる。雪也を愛する人たちの幸福も。

「……っていうか、そんなこと言っておいてバルにはわざと見せつけたじゃねぇか」

「あれは戦略ですからいいんです。それに、俺が映さんを抱いていたのを見ただけじゃないですか。自分が抱く映さんじゃありません。これは大きな違いです」

「ああ、そう……」

「何適当に流そうとしてるんですか。映さんはどうなんです？　もしも恋敵がいたとして、この男が自分のものだと見せつけるために俺のような計画を絶対に立てないと言い切れますか？」

雪也に妙なスイッチが入ってしまった。

「例えば、女が俺にまとわりついていて、あなたが苛《いら》ついたとします。彼女はアプローチをやめようとしない。そこでわざと自分が俺に抱かれるのを見せつける。これって相手に諦《あきら》めさせて敗北感を味わわせ、精神的ダメージを与えるのに最も適した方法だとは思いませんか？」

「えーっと……でも結局、バルの場合は全然諦めなかったじゃん？　だから効果ないと思うし、俺はやらない」

すでに実施し失敗している実例を挙げると、雪也は憑《つ》き物《もの》が落ちたような顔をして「そうですね」と平坦《へいたん》な声で同意した。

「そう……彼は諦めていない……。映さん、俺は正直限界ですよ」

「え……何が？」

「だから！　せっかくのハネムーンなのに、あなたを狙う男がすぐ近くで生活し、しょっちゅう接触を試みにやってくるという日常です！」

もう「だからハネムーンじゃねぇし」とツッコミを入れる気にもならない。

雪也の中でこのロシア行きは新婚旅行も同然で、もしかすると異国の地で大いにラブラブでスイートな日々を送れると思ってやってきたのかもしれない。

ところが、滞在先には映にずっと恋をしていた青年がいるわ妙な事件が起こるわで、実のところ相当なストレスが溜《た》まっていたようだ。

「映さん。襖絵はあそこで作業した方がよくても、宿泊場所まで同じである必要はありませんよね？」

「え？　うん、それはそうだろうけど」

「それじゃ、あそこを出てホテルに部屋を取りましょう。あなたが少し環境を変えた方が捗《はかど》るとでもピョートルに言えば、彼も納得するはずです」

「ええ……めんどくせぇなぁ……。実際作業に入ったら毎日移動しなきゃじゃん……出勤かよ……」

思わず本音を口にするが、雪也が千年祟《たた》るような顔でじっとりとこちらを見ているので、結局了承した。

その日から二人はピョートル家を出て近くの高級ホテルに滞在することになり、バルはホテルまで追いかけてきそうな勢いでブーイングした。ゾーヤも不満そうだったが、ピョートルが愛人宅通いをやめて夫婦生活が復活したのか、最近は夫と仲睦《むつ》まじく問題ない様子だ。

「最初からこうすればよかったなぁ。そうすればもっと二人きりでいられたんですから」

「まあ……そうかもな」

そうすればバルに恥ずかしいものを見せずに済んだと思えば、雪也に賛成である。

雪也はモスクワの中心部にある老舗《しにせ》の五つ星ホテルに部屋を取った。外観も内装もまるで宮殿のようにきらびやかで、ロビーには宝石の降り注ぐようなシャンデリア、レストランには黄金の噴水など、ここは異世界かと思うようなゴージャスな空間である。

正装して鹿肉《しかにく》のステーキとジョージアワインなど楽しみ、映も雪也に「ハネムーンですから」などと半ば強制されグラスを傾け、クラクラしながらひどく上機嫌な雪也の相手をした。

「映さんとの新婚旅行は、やはり行ったことのない場所がいいと思っていたんです。国内はあまりに新鮮味がないし、訪れたことのある海外でも特別感がない。だから、あなたと行くところは二人とも初めての国がいい」

「そっか……じゃ、ロシアはうってつけだったわけだ」

「そうですよ、理想的です。今が最高の瞬間ですがね。やはり人の家に滞在するなんてハネムーンらしくありませんでした。返す返すも惜しい日々を送ってしまいました」

「まーな……。あそこ、和室だったしほぼ日本だったからな。ロシア感はなかったし、そこはちょっと残念だったよな」

映は別にロシアを楽しもうとして来たわけではなく、仕事をしに来たのであって、雪也ほどの拘《こだわ》りはなかったのだが、こうして豪快なゴージャスさを誇るロシア的ホテルで食事などしていると、初めてロシアに観光に来たという感じがして自然と心が浮ついてくる。

ロシアは国土が広く道路も広いし建物も大きい。何もかもがコンパクトに作られている日本とはやはり大きく異なる風景が広がっており、パリなどの芸術都市のような細やかな華やかさとも違って、大国の雄大さがある。

「映さんは次のハネムーンはどこに行ってみたいですか?」

「え、俺?　えーっと、次は……って、ハネムーンてそんな何回も行くのかよ」

「ええ、そうですよ。いいじゃないですか、ほぼ結婚してるようなものですし。法的にはまだですから、つまり何度行っても新婚旅行なんですよ」

「『つまり』の用法おかしくないか……。何かいたよな、何度も結婚式やる芸能人……アホだなと思って見てたけど、あんたもそのクチか……」

「楽しいことは何度やったっていいじゃないですか。それに、ハネムーンだと思うとドキドキしません?」

そこまでシチュエーションに酔えるタイプではないので、設定しただけでは特にときめかない非ロマンチストな映である。

しかしあまりに雪也がウキウキしているので、その興奮ぶりを冷ますのも可哀想《かわいそう》で今夜はそのノリに付き合うことにする。

それにしてもやはり久しぶりに口にしたアルコールはあまりにキツイ。鹿肉と合っているのはわかるが、ほろ酔いを楽しむ前に限界がやってくる。

「とりあえず……俺、もうだめ」

「え……寝ちゃいそうです？」

「うん……クラクラして世界が回ってる」

「それじゃ、部屋に引き上げましょうか。ここで寝ちゃだめですよ」

足元のふらつく映を支えながら会計を済ませてレストランを出る。部屋のドアを開けて中に入った後、ふいに膝《ひざ》裏をすくい上げられて横抱きにされた。

「ふわ……、な、何？」

「いえ、ハネムーンといえばお姫様抱っこかと思いまして」

「そうだっけ……？」

そういえば結婚式の写真などで、新郎が新婦を抱え上げているものをよく見るような見ないような。二人の体型によってはかなり無理をしているであろうと思われるが、こちらは雪也の腕力と映の軽さでヒョイと摘まれたような容易《たやす》さだった。

雪也はそのまま映を抱いて進み、キングサイズのベッドの上にふわりと下ろす。

横になるともう眠気が抑えきれず、上質なベッドの心地よさも相まって一気に意識が遠のいてゆく。

「寝ちゃうんですか？　映さん……」

「ん……ねむ……」

「寝ててもいいですよ。俺が全部しますから……初夜ですからね……」

また間違った用法の言葉が聞こえた気がするが、強い眠気に抗《あらが》えず映は夢を見始める。

微睡《まどろ》む映のジャケットをはだけ、シャツのボタンを丁寧に外してゆく。ベルトを緩め、ファスナーを下ろし、下着ごとパンツを脱がせる。

やがて全身が外気に触れるが室内の空調は心地よい温度で寒くはない。半ば開いた唇を吸われ、歯ぐきを舐《な》められ舌をしゃぶられ、半分眠っているのに体の奥から官能がゆっくりと起こされてゆく。

「ん……んふ、ん……」

「いいんですよ……眠っていても……本当に可愛《かわい》い唇ですね……食べたくなっちゃいます……」

雪也の低い掠《かす》れた声が耳に快い。首筋を吸われ、なめらかな舌は鎖骨に移り、ゆっくり

らせる。

と下がって胸をさまよう。

乳首を含まれればじんわりと甘い快感が下腹部まで走り、映は無意識のうちに腰をくね
「あ……、ん……」

「相変わらず……蜜《みつ》を塗ったような肌ですね、映さんは……ほとんど寝ているのに感度もいい……少し吸っただけで上も下も膨らみましたよ……」

しこった乳頭に舌を絡めながら、両手はその間にも休まずもう片方の胸を愛撫《あいぶ》し、下肢に実ったものを同時に優しく刺激する。

（あぁ……めっちゃ気持ちいい……夢なんだか現実なんだかわかんねぇけど……天国みたいだな……）

夢うつつの映は雪也に与えられる甘い刺激に微《かす》かに喘《あえ》ぎながら、蕩《とろ》けるような快楽を味わっている。すべてを預け何もかもを好きにされるのは、なんて心地いいのだろう。

やがて濡《ぬ》れた指が尻《しり》の狭間《はざま》ににゅるりと潜り込むと、映は仰《の》け反《ぞ》って口を開ける。

「あ……あ……はぁ……」

「お尻の中、眠っていても、やっぱりいいですか……？　映さん、本当にえっちなことが好きなんですね……体だけ反応しちゃうだなんて……」

雪也の巧みな指がコリュコリュと膨らんだ前立腺《ぜんりつせん》を転がし、映は甘い甘い悦楽に涎《よだれ》を垂

らして喘ぐ。

雪也があまりにハネムーンだの新婚だの初夜だのと言うので、夢の中で映は処女の花嫁になっていた。

(初めてなのにこんなに喘いだら、変だと思われちゃう……)

そう思っているのに、あふれる快楽に征服されてしまう。夫の指はあまりに的確に動き、花嫁の感じるところばかりを責めるのだ。

初めては痛いはずだ。まだ開いていない肉体は固い蕾《つぼみ》のままで、それがこれから時間をかけて熟れて開かれてゆくのである。

けれど花嫁の体はすでに男を知り尽くしたかのような柔らかさで、早く奥まで満たして欲しいと疼《うず》き始《はじ》める。

「もう、欲しいんですか……?」

囁《ささや》く夫。否定しなければいけないのに、花嫁はあまりに快楽に深く酔っていて頷《うなず》くことしかできない。

「本当にみだらな花嫁ですね……自分から欲しがるだなんて……」

(あ……ごめんなさい……)

思わず謝ってしまうけれど、脚を開かれ大きなものがぬかるむ隘路《あいろ》に埋没していくと、もう体裁など構っていられなくなる。

「あ……、は、ぁ……あ……」

「はぁ……あぁ……映さん、起きてるんですか……？　すごく、嬉《うれ》しそうに締めつけてくる……」

逞《たくま》しく熱い体に押し潰されながら、反り返ったものが深々と埋め込まれてゆく。太い先端をぐうっと奥まで押し入られたとき、そこから弾《はじ》けるような感覚があふれ、手足の指先までほとばしるような熱い感覚に全身が跳ねた。

「あっ……！」

映は目を開いた。同時に、頬《ほお》まで温かな飛沫《ひまつ》が勢いよくかかった。

目の前には目を細めてこちらを凝視する雪也の顔。ぼんやりと滲《にじ》む視界には白い天井が映り、ベッドサイドのオレンジ色の照明が夕暮れ時のように優しく室内を浮かび上がらせている。

「あ、え……？　ここ……」

「何寝ぼけてるんですか……ここはモスクワのホテルですよ」

「え……ホテル……？」

「そうです……俺たちは新婚旅行中なんですよ」

ああ、やっぱり夢じゃなかった。今は初夜の最中なのだ。蕩けた頭でそう考えながら、映は雪也に揺すぶられている。

「はぁ、あ、あぁ、ふぁ、あ、は」

「気持ちいいですか？　映さん……初夜なのに、気持ちいいんですか……？」

「へ……ぁ、あは……、あ、ん、うん……、あ、ごめ、なさ……きもち、い……、あ、はぁ、ああ……」

「いけない花嫁ですね……初めからこんなんじゃ相当な淫乱《いんらん》だ……毎晩可愛がってあげないと満足できないでしょうね……」

雪也は嬉しそうに囁きながら、映の口を貪《むさぼ》り、粘ついた動きで腰を蠢《うごめ》かせる。

そう、初めてなのに、なぜこんなに快感を覚えてしまうのだろうか。尻の奥まで巨大なもので犯されるのが死ぬほど気持ちいい。ぐちゃぐちゃじゅぼじゅぼとものすごい音を立てて長大な反り返るものが出入りし、最奥を突き上げられる度に目が裏返るほどの強烈なオーガズムに襲われる。

「はぁっ、あは、あ、んぅ、う、あ、ひあ、はぁっ」

「すごい声……そんなにいいんですか……まるであばずれですよ……ここもこんなにして……」

「あ、や、あぁ……ん、んふぅ」

膨れ上がった乳首を揉《も》まれながら激しく突き上げられ、口内を舐め回される。敏感になった乳頭を両手でこねくり回されて、腸壁の隅々まで捲《まく》り上《あ》げられて、映はビクビクと痙攣《けいれん》しながら射精する。

　雪也は映をうつ伏せにして後ろから犯し、前立腺をめちゃくちゃに抉《えぐ》りながら、前で健《けな》気《げ》に勃《ぼっ》起《き》したものを無遠慮に揉みほぐす。

「や、あっ、だめぇ、そこ、あ、や、あ、あ」

「こんなに大きくしちゃって、何言ってるんですか？　はしたないですね……本当に初夜だとは思えませんよ……中も、こんなに俺のを美味《おい》しそうに締めつけて……」

「ひ、あ、や、あぁ、何か出ちゃう、あ、だめ、出ちゃうからっ、あ、あぁぁ」

　枕《まくら》に顔を押しつけながら過度の刺激に泣き喚《わめ》く。バックから容赦なく犯されて、同時に前をもみくちゃにされ、はくはくと口を開けた先端の穴に無情に指先をこじ入れられると、たまらず映は悲鳴を上げて透明な液体を噴いた。

「ひぁ……あ……や、やらぁ……あ……」

「おや……これは……中に出してないのに、潮吹きしましたか……あはは」

　雪也が興奮に上ずった声で笑う。

「あなたは本当に……こんな体になってしまって……俺が永遠に可愛がってあげないといけませんね……」

　首筋を甘噛《あまが》みしながら、性器の付け根の膨らみをゆっくりとコリュコリュとこね回し、潮を噴いてヒクついている映のものを優しく揉む。

処女の花嫁の夢を見ている映は自分がおもらしをしてしまったことに呆然《ぼうぜん》としながら、途切れることのない快楽にずぶずぶに溺《おぼ》れ、泣きながら喘ぐ。

「はぁ……あぁ……も、こんなの、らめ……、あ、も、やめ……」

「やめていいんですか……？　あなたの全身が俺を欲しがっているんですよ……？　どこもかしこも甘い匂《にお》いをさせて、男を誘って……」

雪也は映の性器の双つの膨らみを転がし、耳朶《じだ》を食《は》んで、滲《みなぎ》む汗を舐め、火照《ほて》った皮膚をしゃぶる。映が快感を示して震えるのに喜ぶように男根は漲り、映の熟れた腸壁を飽くことなく擦り立てる。

「初めてなのにこんなに感じて……生まれながらの淫乱ですね……どうしようもない……」

「はぁ、あ、あ、ごめ、なさ……」

「俺のこれがそんなに気持ちいいんですか？　こんなに奥まで入れられても？」

雪也が腰を押さえつけずっぷりと最奥まで挿入する。最も敏感な場所を抉られて映は動物のように叫び、涎を垂らして空イキする。

「んふぅ、うあ、は、ひ、あ……、い、いぃ、気持ち、い」

「こんな場所がいいなんて、処女じゃ有り得ませんよ……なんてはしたない人だ……ほら、ほら、ここがいいんでしょう？　こんな奥まで犯されて、これがいいんでしょう？」

立て続けにぐぽぐぽと最奥の窪《くぼ》みに大きな先端を嵌《は》め込《こ》まれ、映は暴力的な絶頂感に「いい、いい」と叫びながらダラダラと精液をこぼした。初めてなのにこんなに感じてイキまくってしまって死ぬほど恥ずかしい、でも気持ちいい、と混濁する意識の中で被虐的に酔《よ》い痴《し》れた。

指と指を絡ませ、全身で混じり合いながら、寝ぼけた映は図らずも雪也の初夜プレイに順応した。

感じながらごめんなさいと喘ぎ、射精しながら気持ちいいと泣く。

雪也はひどく興奮し股間《こかん》を充血させ、何度も夥《おびただ》しい量の精液を中に噴きこぼしながら腰を振り続けた。

いつ意識を失ったのか、自分たちがどのくらいの時間耽《ふけ》っていたのかも覚えていない。

泥のように眠り、気づけば朝で、傍らには幸福に輝く雪也の顔があった。

「おはようございます、映さん」

「……おはよ……あれ……？」

あの奇妙な初夜は、何だったのだろう。おかしな夢を見ていたのだろうか。

「えっと……俺、レストランから帰ってきて……すぐ寝ちゃった？」

「そうですね……半分寝て半分起きていたんじゃないですか？　すごく新鮮でしたよ……花嫁になった映さんは最高でした……」

これは何か雪也を喜ばせるような寝言を言ってしまったなと察したが、覚えていないのでどうしようもない。

けれど、ずっとどこか不満げでストレスを感じていたらしい雪也が今は嬉しそうなので、映もホッと安堵《あんど》した。

そのとき、ぱっと映の頭に鮮やかに絵が浮かび上がる。

「……あ」

「はい？　どうしました？」

「これだ……これ描こう」

異国だ。ピョートルは屋敷の中に異国を作った。

彼の愛する国、日本。あの離れに行く度に、ピョートルは日本を感じたいと願う。

初めて訪れた感動のままに。いつまでも続く初夜のように。

（ピョートルが初めて触れた日本は浮世絵の中の富士山《ふじさん》だ。そして、実際日本を訪れたときにも、富士山を見て感激したと言っていた）

彼の中に息づく日本。それは今も変わらず、富士山そのものであるに違いない。

人間、誰でも心変わりはするものだ。

一度そうと心に決めたことを守り通すのは美学だが、時間と環境の変化とともに方向転換する臨機応変さもまた、ひとつの選択肢である。

けれど、どんなに見える景色が変わり続けたとしても、初めて見たものの鮮やかさは変わらず胸に残り続ける。

初めてに拘った雪也。映にとって初めての体験。ともに初めて訪れる国。

それは『初めて』というものが長く記憶に残りやすいと無意識のうちに知っているからなのだろう。

誰の胸にもあるその鮮やかな風景を描けたら。または、誰かの初めての風景そのものになれたら。

映は今初めて、自分が何を描き形にしていきたいのか、おぼろげに見えてきたような気がした。

あとがき

こんにちは。丸木文華《まるきぶんげ》です。

とうとうフェロモン探偵シリーズも八冊目となりました！　ありがとうございます！

そして今回は初めての海外編です。前回の子育て編からまたかなり違う展開に飛びましたが、新鮮な気持ちで書くことができました。

ロシアって私の周りではあまり行ったことがある人がいないのですが、どうなんでしょう？　ロシアに行ったと言うと驚かれることが多いです。

ロシアは二年前に初めて訪れたのですが、何もかもスケールが大きくて、さすが歴史ある大国だなあといちいち感激してしまいました。個人的にパリに匹敵するレベルで素晴らしく見応えがありました。

とりあえず国土に比例して道路も建物も軒並みデカイです。ところが人間はさほど皆大きいわけじゃないんですよね。もちろん日本に比べれば平均身長は上なんですが、北欧などの女性でも一七〇超えが普通の国ほどではなくて、そこは多民族国家ゆえなのかなあとも思いました。

食事は日本人の舌に合うものが多く、とても美味《おい》しかったです。まだ訪れたいところもたくさんあるので、また行きたい国のひとつになりました。

今回は少し懐かしいキャラクターが出てきたりもしましたが、シリーズを読んでくださっている方、覚えていましたでしょうか?

さすがに八冊目ともなると登場人物も増えてきたなと感じます。今回の彼は物語的にも重要人物で再登場となったのですが、他にも濃いキャラが多いので、またぼちぼち顔を出すかもしれません。今回のバルもロシア人美青年でそれだけでキャラが立っているのですが、少し映《あきら》と出会うのが遅くてワンチャン逃してしまいましたね。ちょっと書きたかったんですが、もう番犬がいますのでね。

本当にアジア人は他の民族の人たちからすると幼く見えるんだなというのは、海外に行く度に感じます。大学生の頃行ったアイルランドで、バスで子どもの乗車賃を要求されたときは驚きました。二十代後半でプチ留学したときも、年齢を言ってもトルコ人の友達になかなか信じてもらえなかったり……私からするとヒゲがモジャモジャで成熟し切って見える彼が年下という方がびっくりだったのですが。

映は特に童顔で若く見えるので、ロシア人からすると時が止まったような感じだと思います。雪也《ゆきや》も外見だけならば実年齢より下に見られますが、物腰が落ち着いているのでさほど現実との乖離《かいり》はなさそう。皆さん、若さを取り戻したかったら海外に行ってみましょう(笑)。

個人的に英語以外の言語も習ってみたいなあと思うんですが、ロシア語も面白そうですよね。文法はさほど複雑ではなさそうですし、聞いているとにゃあにゃあ可愛い発音が多くて魅力的です。

言語って単語や文法もそうですけど、その国の文化も鑑《かんが》みてコミュニケーションをとらなくてはいけないのでそういうところがすごく面白いなと感じます。

日本は『高コンテクスト文化』と呼ばれていて、文脈の中にたくさんの情報が含まれる、いわゆる空気を読む文化です。多くを説明しなくても通じるという察する文化。

反対にアメリカやドイツなどは『低コンテクスト文化』で言いたいことはきちんと言葉で説明しないといけません。

ロシアは意外にも高コンテクストに近いらしく、そういうところでは親近感を覚えます。とはいっても、現地では（結構ハッキリ言うな～）と思うことも多かったんですが（笑）。

異文化コミュニケーション大好きなので色々な国に行ってみたいです。ロシアはお勧めですよ！

最後に、この本をお手に取ってくださった皆様、ますます美麗でセクシーでキュートになった素晴らしい挿絵を描いてくださった相葉《あいば》キョウコ先生、いつも細やかで熱心な仕事をしてくださる編集のI様、O様、本当にありがとうございます。

シリーズの次の作品でも、また皆様にお会いできるよう願っております。

『フェロモン探偵　蜜月のロシア』、いかがでしたか？
丸木文華《まるきぶんげ》先生、イラストの相葉《あいば》キョウコ先生への、みなさまのお便りをお待ちしております。

丸木文華先生のファンレターのあて先
〒112-8001　東京都文京区音羽2-12-21　講談社　文芸第三出版部「丸木文華先生」係
相葉キョウコ先生のファンレターのあて先
〒112-8001　東京都文京区音羽2-12-21　講談社　文芸第三出版部「相葉キョウコ先生」係

N.D.C.913　232p　15cm

丸木文華（まるき・ぶんげ）
6月23日生まれ。B型。
一年に一回は海外旅行に行きたいです。

講談社X文庫

white heart

フェロモン探偵《たんてい》 蜜月《みつげつ》のロシア

丸木文華《まるきぶんげ》

●
2020年2月3日　第1刷発行

定価はカバーに表示してあります。
発行者──渡瀬昌彦
発行所──株式会社 講談社
東京都文京区音羽2-12-21 〒112-8001
電話 編集 03-5395-3507
販売 03-5395-5817
業務 03-5395-3615
本文印刷─豊国印刷株式会社
製本───株式会社国宝社
カバー印刷─半七写真印刷工業株式会社
本文データ制作─講談社デジタル製作
デザイン─山口　馨

ISBN978-4-06-518642-8

美形探偵シリーズ
エロスMAXコメディ!
大好評発売中!

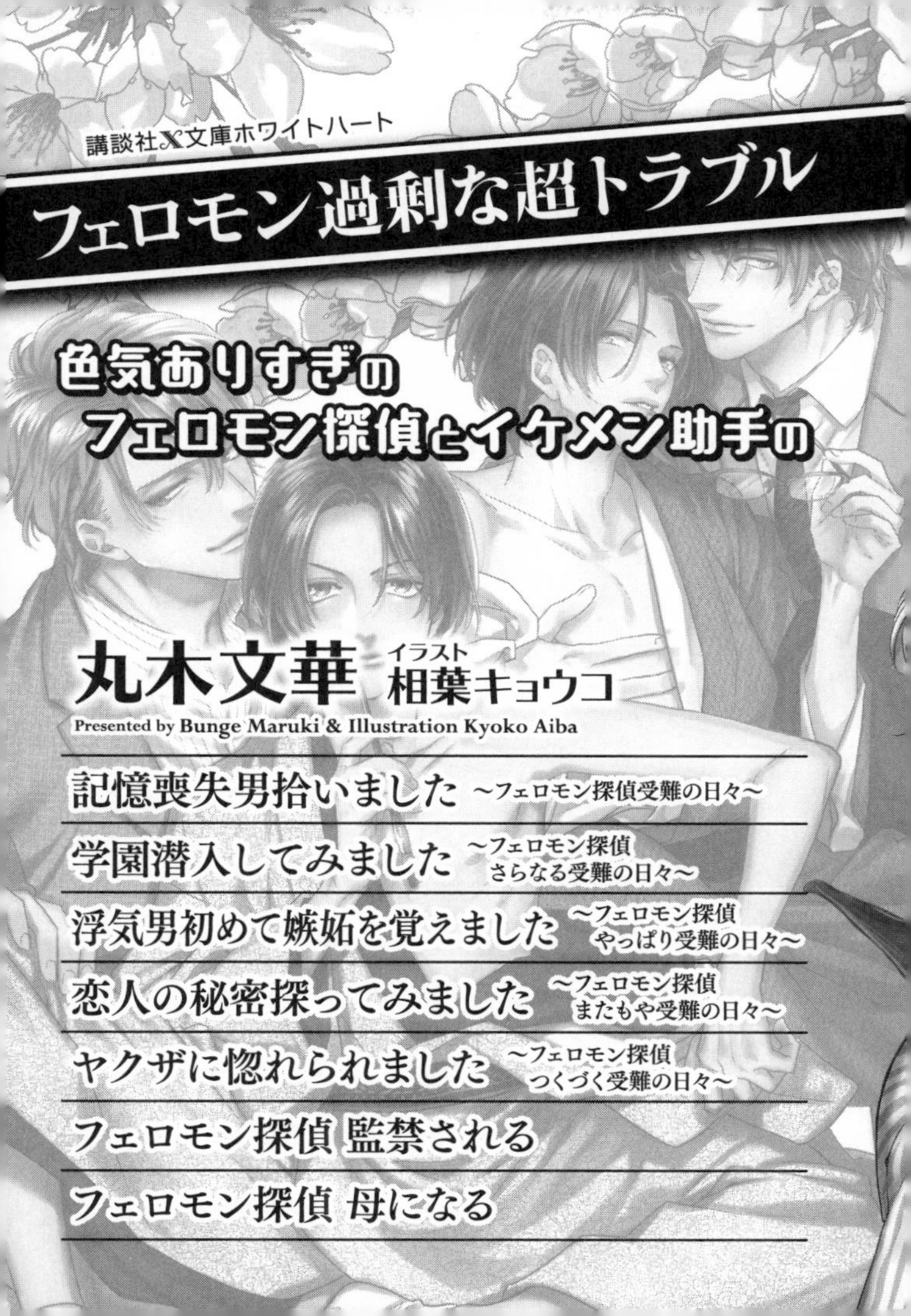
講談社X文庫ホワイトハート
フェロモン過剰な超トラブル
色気ありすぎの
フェロモン探偵とイケメン助手の
丸木文華 イラスト 相葉キョウコ
Presented by Bunge Maruki & Illustration Kyoko Aiba
記憶喪失男拾いました ～フェロモン探偵受難の日々～
学園潜入してみました ～フェロモン探偵 さらなる受難の日々～
浮気男初めて嫉妬を覚えました ～フェロモン探偵 やっぱり受難の日々～
恋人の秘密探ってみました ～フェロモン探偵 またもや受難の日々～
ヤクザに惚れられました ～フェロモン探偵 つくづく受難の日々～
フェロモン探偵 監禁される
フェロモン探偵 母になる

イギリスの名門ヴィザール校に転入してきた絶世の美形王子シャディール。優等生で寮長の慧《けい》は、この傲慢な男に求愛され、取引から体の関係を持つことに。しかし、気位の高い慧とシャディールの恋の駆け引きは、卒業と同時に終わりを迎えた。

六年後——。仕事でシャディールの国を訪れた慧は、突然、彼の宮殿に囚《とら》われてしまう。危険な色香を漂わせる彼に、もう逃がさない、と昼も夜も溺愛されて!?

熱砂の離宮で
熱く抱かれて
砂漠の熱愛
“アラビアン”
シリーズ
第2弾！
アラビアン・ウェディング
Arabian wedding
～灼《しゃく》鷹《よう》王《おう》の花嫁～
ゆりの菜櫻
Nao Yurino
イラスト 兼守美行
Miyuki Kanemori
王女は、本当は男――その真実を隠し、デルアン王国に嫁ぐことになった晴希《はるき》。婚姻の相手は、魅惑の美貌《びぼう》を持つ王子アルディーン。実は親友同士の二人は、国交のため偽装結婚することになったのだ。しかし、豪華な結婚式の後に待っていたのは、熱く激しい初夜だった！ その後も毎晩、蕩《とろ》けるほど甘く淫《みだ》らに愛される新婚の日々。次第に彼への愛が募っていく晴希だが、自分は妃《きさき》にふさわしくないと身を引こうとして!?
好評
発売中！
電子書籍版も配信中

俺たちは――どこで、
道を違《たが》えてしまったのだろう？

亡き兄と同じ高校に入学した中原浩二《なかはらこうじ》。親友・藤木将人《ふじきまさと》とも同じクラスになって喜んだのもつかの間、そこには圧倒的な存在感を持つ男・沢田《さわだ》がいた。やがて浩二は、将人と沢田の間に、拭いきれない過去があることを知って……。

BL界の伝説的作品が、大幅改稿と書き下ろし短編を加えて再誕！

講談社X文庫ホワイトハート
Toriko
Rieko Yoshihara
illust. Fusanosuke Inariya
吉原理恵子
イラスト 稲荷家房之介
新装版
呪縛《とりこ》

ホワイトハート最新刊

フェロモン探偵 蜜月のロシア

丸木文華　絵／相葉キョウコ

ハネムーンで甘く啼かされて。ロシアの大富豪の依頼で、別荘の襖絵を描くことになった映。当然、雪也もついてきて、二人で初の海外旅行に。しかしそこで、希少な美術品の連続盗難事件が起きて!?

ハーバードで恋をしよう

テイク・マイラブ

小塚佳哉　絵／沖　麻実也

エリートたちの極上の恋のゆくえは……？名門ハーバード・ビジネススクール(HBS)に留学した仁志起は、英国貴族のジェイクと恋人同士になるが、そこで新たなトラブルが……。シリーズ完結巻！

3泊4日の恋人

小塚佳哉　絵／沖　麻実也

これは仕事の恋の駆け引き、のはずだった。かわいい容姿が売りのコールボーイ・矢野旭は、ある男をたらしこむ仕事を高額報酬で受けた。だがターゲットのフランツに心惹かれるようになってしまい……。

ホワイトハート来月の予定（3月5日頃発売）

龍の試練、Dr.の疾風 ……………… 樹生かなめ
VIP 抱擁 ……………………… 高岡ミズミ

※予定の作家、書名は変更になる場合があります。